想象中的远行

林彦辰 著

NORTHEAST NORMAL UNIVERSITY PRESS
WWW.NENUP.COM

东北师范大学出版社

图书在版编目（CIP）数据

想象中的远行 / 林彦辰著. -- 长春 ： 东北师范大
学出版社， 2018.11
ISBN 978-7-5681-5133-7

Ⅰ. ①想… Ⅱ. ①林… Ⅲ. ①散文集－中国－当代
Ⅳ. ① I267

中国版本图书馆 CIP 数据核字 (2018) 第 255112 号

□ 责任编辑：于天娇　　　□ 封面设计：优盛文化
□ 责任校对：孟　鹏　　　□ 责任印制：张允豪

东北师范大学出版社出版发行
长春市净月经济开发区金宝街 118 号（邮政编码：130117）
销售热线：0431-84568036
传真：0431-84568036
网址：http://www.nenup.com
电子函件：sdcbs@mail.jl.cn
定州启航印刷有限公司印装
2018 年 11 月第 1 版　　2018 年 11 月第 1 次印刷
幅画尺寸：140mm×210mm　印张：5.625　字数：120 千

定价：32.00 元

前　言

　　如果放在五年前或者两年前，有人说在高中阶段我能够出版一本书，我一定会把这当成奇闻怪谈。现在，我的个人文集真的要出版了，但比起惊讶、感慨或喜悦，我感受到的更多是惶恐。当年，我在小册子上写一些随笔或评论的时候，根本没有出版的想法，这些在过去称为"抽屉文学"的文章，现在恐怕要称作"QQ群文学"了。在整理这些大多难登大雅之堂的文章时，我总有一种正在给自己整理"黑材料"，留下"黑历史"的感觉。当然，我也不免宽慰自己，给多年后的自己提供一个自惭形秽的反面样本，多少也有点正面作用。

　　文集中收录的文章，主要分为三部分。一部分是平时书评和影评，其中不少是过去读书笔记的再整理。老实说，写这类文章的时候，我颇有种"当知识的搬运工"的感觉，摘录、引用的前贤先彦的论断更不用说，就算是我自己的想法，估计也少有新意。另一部分则是生活随笔，大多是在高二暑假写下的回忆性散文，属于我一贯的以自我为中心流水账式追忆风格，同时有些事关他人的部分在当事人的要求下删除了，这是我最遗憾的：人不免有一种"被窥私欲"，而想向外界展露自己。最后一部分则是几篇评论性文章，虽然我天生的"非社会性人格"一直让我和自我之外的外部世界保持着一种不言自喻的距离，我也清楚自己的社会阅历写下这些文章总是不免偏颇，但我依旧对雷蒙阿隆所言的"介入的旁观者"这一身份多少有些期待。文集中的文章大多是高中所写，而在收录的过程中，由于外界原因和个人原因删除了一些现在看来太不成熟的文章和一篇漏洞百出的历史考释文（这点"案底"实在是不想留下了），但我还是收录了几篇年代较为久远的文章，多少留下点"成长的痕迹"。

作为一个几无优点的"御宅族"，阅读成了我生命中不可分割的重要部分，这本文集的出版多少也算是在我的人生中打下一个小小的路标，以便我将来回望的时候，能够知道18岁之前的我在想些什么、做些什么。就像《星际牛仔》里面，Faye看到她的录像带时跑回老家，在已经成为荒地的老房子上画个方框躺在上面睡觉一样，20年、30年后的我看到这本书又会有怎样的感受呢？从这种意义上，这本书就像是一个时间胶囊，连接着过去和未来。它的目标观众不是别人，正是我自己。

第一次写序就不过多饶舌。在此，感谢一下我现在的班主任刘传喜老师，感谢从初二到现在他对我无微不至的关怀、教导和启蒙，和我之间那真正平等如朋友般的关系，以及对我任性的容忍；感谢THU的LF学长，作为各方面上的先行者，他替我解答了许多幼稚浅薄的问题；感谢我过去的班主任邬双老师，由于一直忙于自己的"学术研究"和对高中作文本能的反感，我没能在各大作文期刊上如您所愿一篇篇地发表文章；感谢苏州XXY学长，或许有一天，你我之间有关对方的记忆都将淡薄，但您在我性格中留下的那或多或少的痕迹都不会湮灭；感谢复旦P学长，虽然和您认识不过一年时间，但这段在高考应试上"被浪费"的时光在我看来是珍贵的财富，您对我的鼓励真的让我无比受用；感谢所有帮助我的老师和同学，感谢我的父母帮我录入文稿，以及在写作过程中喋喋不休的那些"业余"建议。谢谢关心过我的每一个人！

　　最后，请允许我冒昧地致谢素昧平生的段炼先生。他的读书随笔《读史早知今日事》激起了我不少阅读的兴趣，因此才有了文集中的一些文章。这本书中文章标题的格式也都是模仿《读史早知今日事》。虽然他不可能认识我这样一个小小的高中生，但我还是对这位前辈表示敬意和感谢。

林彦辰

2018 年 9 月 13 日

目录

第一辑

地图：想象中的远行

近年来，随着"国学热"的盛行，各种"必读书单"纷至沓来，从四书五经、诸子百家到诗词曲赋，似乎只要和古代沾上一点儿边，就能立马"身价倍增"。于是乎，连"孝悌三百千"之流都堂而皇之地摆上了台面，让人不禁想到百年前的那一阵尊孔风。"读史早知今日事"，义宁先生诚不欺我。

事实上，为青年开列必读书单和注解并非新鲜事。古代有金圣叹的《天下才子必读书》，到了近代则有朱自清的《经典常谈》、梁启超的《读书指南》等。如今，各种"中学生必读书"之类的书单更是多了去了。刀尔登还专门为此写了一本半是讥讽半是机智的《不必读书目》。鲁迅的态度则更有趣了："从来没有留心过，所以现在也说不出。"（《华盖集·青年必读书》）鲁迅还是一如既往的诚实，在古今中外浩如烟海的书卷中，又有哪一本是必读的呢？对我来说，若真有什么必读书，那只能是地图了。

没有翻阅过地图的人生是不完整的——这种根深蒂固的阅读"偏见"来源于儿时的回忆。在网络不发达的年代里，填满我记忆深处的除了郑渊洁和格林兄弟外，就是各色各样的地图。在地图上用各色笔眨眼间重现了哥伦布和库克船长的伟大航行。这种精神上的畅快感至今仍残留在我的海马体内，不时给予我一种脱离日常的冒险欲和冲动。这种习惯对我影响深刻，一直到阅读奇幻小说的时候，我扫视着中土世界或者维斯特洛大陆的全图总会不禁想象，或许现实中阿门洲或者香格里拉就坐落在我们尚未发现的某个遥远的地方。

王尔德曾说，一张没有乌托邦的世界地图根本不值一瞥。美索不达米亚的先民们用楔形符号和三角形描绘了那个神话与现实交织的世界：扁平的圆盘镶嵌在永恒的宁静当中，曲线和圆圈众星拱月般围绕着文明的中心巴比伦，散落着的三角形象征着蛮荒之地——这是创世神马尔杜克和迪亚马特战争留下的遗迹；基督教士用圣经地理学重塑了地图，并将亚洲放在最上方，以便仰望着伊甸园，而同时期的穆斯林将麦加的朝向定为正向，不存在的祭祀王约翰依旧统治着东方，即便是质量极高的《禹迹》图上都横跨着那条不存在的黑水；到了大航海时代，川流不息的商船沟通着新旧大陆，追随着马可·波罗的足迹，用奇形怪状的线条和图案在世界边缘描绘出一个个不存在的国家（宫崎市定《马可波罗的幽灵——CATAIO国的消亡》就是一个典型的例子）。在君士坦丁堡遗民的古书卷中，重见天日的托勒密投影制图法带来了全新的变革，航海英雄则用船帆和手划桨为地球仪填上空白。

当麦哲伦在塞维利亚向新登基的国王请求远洋经费之时，年轻的神父马丁·路德将《九十五条论纲》钉在了罗马教堂的门口。科学和艺术两朵盛开的文明之花绽放在用常识和理性奠基的精神国度上，在摊开的地图上留下芳香。千年之前的埃拉托色尼测出了地球的周长，为我们划分了五带和经纬度，麦哲伦则用实证证明了先人的猜想。墨卡托留下了他那名噪一时却又臭名昭著的地图，也渐渐拉开了地图上的"欧洲中心论"时代的序幕。传教士利玛窦为年轻的万历皇帝献上《山海舆地全图》而得到了恩宠，但在绘制《坤舆万国全图》时不得不把中国放到了地图的中央。中国传统的"天圆地方"概念开始崩塌，"远方"对年轻的士大夫并不仅仅是开始用一种好奇的眼光打量这个完全不同的世界。

在大陆的另一端，一种新的国家形式渐渐兴起。如果说大胆查理的败亡作为一个时代的前奏，预示着民族国家的兴起的话，那么威斯特伐利亚条约则重塑了老欧洲的版图。当我们惊叹于神圣罗马帝国境内诸侯纷杂的边界划分时，却总是不自觉地将现代国家的概念带入过去。地图的作用也发生了进一步的转变：从充满幻想的时代心态展示到人类理性认知的知识结合体，艺术与科学的魅力渐渐被政治暗示所取代。杰里·布罗顿在

《十二幅地图中的世界史》的第八章讲述了四代人为法兰西地图绘制事业献出一生的卡西尼家族最终于 1815 年绘制而成的地图是如何影响了法兰西民族国家的形成。在他们的地图上，疆土和国家的主权融合在一起，成了永恒的政治象征。当赞助者从国王变成投资者，国家的统治秩序也在轰轰烈烈中完成了变更。所谓民族国家的概念逐渐在人们的心里建立，国家的权力通过种种形式向社会各处发散着。卡西尼地图中蕴含着一个民族、一种语言、一个国家、一种主义，以及一场百年之后让欧洲流干鲜血的战争。

民族国家的诞生并不源于民族主义者幻想的所谓文化认同带来的自然划分，而是源于某一历史阶段在政治意识形态助产下的无中生有：通过世俗的形式，将宿命转化为连续，将偶然转化为意义。这种先在地图上，接着在地球仪上画一条线，宣示君主们拥有那些他们从未去过地方的主权的做法，持续了好几个世纪，塑造了随后 500 年欧洲在全球的殖民政策。当几个英法外交部的中下级官员简单地划分出中东国家的边界时，恐怕未曾想到自己已经无中生有地发明了好几个国家。本尼迪克特·安德森在《比较的幽灵》中为我们描绘了东南亚民族国家的诞生：在漫长的殖民时间和日军短暂的占领中，统治方式的微妙对比交杂形成了一种未曾出现过的新的认同感。威尼差恭在《图绘暹罗：一部国家地缘机体的历史》中详尽分析了绘制地图对泰国民族主义形成的重要作用。他指出，服从前现代封建王朝政治需要的泰国传统地理学所绘制的地图没能描绘出明确的近代意义上的国家疆界，而随着西方脚步而来的西方地理学则满足了民族国家的形成这一历史的要求。在西方的威压之下，在一次次领土的沦丧中，泰国最终形成了一个统一的"地缘机体"，地图则作为一种象征和符号形式，影响了泰国这一国家意义的生成和国家观念的转变。

　　地图的演变常常带来文化意义上的演变，这种演变有两种层面：实体上的和心理上的。当法兰西共和政府在布列塔尼强行推行法语教学的时候，就已于本质上揭露了法兰西民族这一概念在实际上的虚假。昆德拉在名为《中欧的悲剧》的演讲中，对第二次世界大战后中欧落入苏联手中大为痛心："这也是对它们文明的冲击。它们所做的抵抗的深层意义就是一种为保存自身认同的斗争——或者，换一种说法，就是为了保存它们的西方性。"在他看来，根植于拜占庭东正教传统的俄罗斯控制着巴洛克文化和胡斯心爱的波西米亚和天主教的波兰，控制着卡夫卡和舒尔茨的祖国，是文化意义上的一场吞并和灾难。在我看来，这种担忧过于无趣，就如阿拉伯人感叹西西里的沦丧失去了地中海的灯塔、德国人感慨柯尼斯堡的更名代表着普鲁士和康德一去不复回一般可笑。勒华拉杜里在《蒙塔尤》中描述的那个只会说奥克语的小镇早就改说法语了，当原始的普鲁士人还在反抗条顿骑士团的侵略时，现代德意志的概念根本尚未形成，而在不过五百年之后，作为洛姆瓦信仰圣地之一的柯尼斯堡竟然成为德意志民族的精神象征，这不免有些滑稽。民族、国家甚至人类终不免要消亡的，哀悼的挽歌固然凄美，却不过是一个时代的收场白。

约翰·克拉克认为："地图是空间感知的一种触觉形式，空间感知的不稳固性和可转换性都极大地影响地图本身被理解的方式。地图所涵盖的多重含义将会为其魅力、复杂度和重要性加分，而其'多重含义'涉及之广也将在'世界应当以何种途径呈现'的话题中得到生动展现。"当我们凝视着不同的地图之时，地图也在凝视着我们。从绘图者的手中，我们总能看到他们想让我们看到的。与此同时，我们作为参与者，用想象塑造着地图表层以下的真正含义。也正因如此，当我们用谷歌地图360度无死角扫描着整个地球的时候，会有一种与过去截然不同的感受。在技术的进步下，地图发生了翻天覆地的变化，所谓的"遮蔽性"和"模糊性"渐渐被一扫而空。"他们无法表述自己，只能被别人表述"，地图作为一种想象力的媒介的时代已经结束，但它作为一种意识形态宣传工具的时代才刚刚开始。当人们就地图上国境线的细微差别争论不休甚至大打出手的时候，我们仿佛又回到了那个地图上满是谎言的圣经地理时代。

法律：现代文明的朱蒂提亚

　　我书桌上放着两本差不多厚的书，书名都是《普通法的精神》。它们论述的对象都是英美两国的普通法体系，罗斯科·庞德花了不少笔墨在描述日耳曼法律和清教主义精神、近代法哲学对美国法律形成的影响方面，弗雷德里克·波洛克则将重点放在阐述英国普通法的传统精神和发展史上。两本书简要解析了普通法系的两个主要国家的法律体系，为我们构造出了普通法系沿革的草图。

　　相比较而言，波洛克的作品显得更加生动有趣。波洛克版本的《普通法的精神》原稿是在卡平迪耶讲坛上讲座的讲稿，目标群体是当时的法学学生，这是它文风生动的重要原因。更重要的是，作为这本书阐述对象的英国普通法是如今所有普通法系的原型。19 世纪的英国司法改革在法律史上是一件翻天覆地的大事，作为《法律评论季刊》的创始人与《法律判例汇编》的主编，波洛克也是司法改革的先锋之一。因此，这份 1911 年的讲稿也就有了两重意义：一重是作者对自己过去事业成果的回顾；另一重是对普通法未来发展的展望。波洛克华丽而行云流水的文笔之间饱含着深情，从一个法学家和法律工作者的角度来看，普通法这个生来多病的婴儿如同他们的孩子一样，在抵御内外疾病的过程中不断成长。在书中，波洛克将普通法比作女神，把守护普通法的制度、习俗、传统比作骑士，而把英国历史上几次普通法危机比作闯入的敌人。这本书如同一篇点缀着法律术语的普通法颂歌，讲述着普通法女神如何将人们从混乱和战争中拯救出来，带领人们脱离"霍布斯式丛林"的壮美史诗。

生活在大陆法系下的人想要理解普通法，就不得不从其历史起源开始考察。普通法的源头来自于欧洲大陆，征服者威廉之后的英格兰以盎格鲁—萨克森式的日耳曼习惯法、诺曼地方法等欧陆法律为本，建立起成熟程度远超欧洲大陆的普通法体系。作为法学家的波洛克坦言道："从本质上看，现代文化的历史就是一部简化史。"普通法起源的繁杂其实远远超乎以上的描述。范·卡内冈在《英国普通法的诞生》一书中引用了大量法律文书、卷筒卷宗甚至《（诺曼）古习惯汇编》等第一手史料，通过对古代诉讼令的语句分析，建立起普通法中英格兰与诺曼之间的亲缘性。这本著作中，卡内冈提出了推动普通法发展的三项重要事物：王室法庭、令状制和陪审制。但在这三项事物出现之前，我们依旧可以找到普通法原型的蛛丝马迹。就像波洛克所观察到的：塔西佗笔下的日耳曼人的美德被普通法女神的妹妹——教会法部分接纳，使蛮族的原始道德、符号崇拜开始渐渐转化为法律与秩序。这点在法律组织和程序上都有所体现：1066 年之前的英格兰除了马尔克公社民众大会这样的公社式机关之外，还有着郡法院和百户区法庭这样的原始司法机关，当时的王室法庭是众多领主法庭中等级最高的一个。

1066 年的诺曼征服给英格兰社会带来了全新的变革，诺曼贵族给英格兰带来了稳定的封建制度和强化的中央集权，在法律上则体现为王室法庭的建立。比起东方帝国发达的科层制，诺曼征服时期的英格兰中央政府的控制力相当有限。为了加强王室对地方的控制，以中央王室法庭和各类巡回法庭为核心的王室法庭自威廉一世起在历代君主的推动下不断发展。一方面，王室法庭侵入了原来由领主或教会等"地头蛇"主导的地方司法领域，事实上侵蚀着地方的司法权；另一方面，至高无上的王权不仅被设想，还被实施，只有这样的王权才能承担起养育普通法的制度。当半巫术和落后民俗将普通法女神捆上手脚的时候，正如恩格斯所言，王权毫无疑问地起到了进步的作用。王室法庭提供的司法救济给了被欺压的平民、小领主一个伸张自己权利的机会，而王室巡回法庭的常设化则培养了一批熟悉习惯法条文的法官，进一步为普通法体系的建立做准备。

令状的诞生和陪审团制度的确立则是法律规范化的一大进步。吊诡的是这两种制度最初的权力都来自行政领域。令状的原型是一种行政命令，后来经历了逐步司法化的过程。但是，这种行政手段是"通过强制命令恢复占有或者补偿来对非法侵害进行矫正和救济的，它是在对案件是非曲直进行简单调查后采取的警察式（行政）措施，因而显示了极大的便宜性而很少正规程序的意味"。虽然看似迅速和直截了当，但是"基于一方陈述而签发的令状，势必导致冲突、不公平及他们力图反对的混乱无序"。于是，令状从行政命令转化为一种诉讼程序文书，这也就是波洛克所言的"普通法的形式主义起源。"

早期陪审团的作用同样不在司法领域，实际上是国王为了了解地方情况，派出钦差大臣到地方召集民众，进行"民意调查"。对于陪审团的起源有多种说法，其中卡内冈等人驳斥了曾占主流的北欧说，而将其根源追溯到加洛林时代的行政调查制度和英国传统的地方司法陪审团。无论如何，陪审团制度可以称得上普通法对现代法律制度的最大贡献。

这两项制度助推了普通法的发展，却也留下了一些隐患。庞德在《普通法的精神》中就提到："个人主义是我所称的严格法阶段的主要特征……英美法一开始就孕育着严格法所具有的个人主义。"普通法的原型脱胎于对正义的呼唤以及"对个人自由的极端重视和对私人财产的无限尊崇"。但是，这一种对私有财产的保护究竟是保护谁的私有财产呢？法庭诉讼的开展必须以国王名义发布的令状作为前提，但是有些民事案件没有对应的令状，所以无法起诉。普通法对领主违反契约或侵权行为的诉讼，只能判处损害赔偿或准予收回动产与不动产，不能颁发强制执行令，也不能颁布具有强制性的法令，而普通法机械化的诉讼程序又大大拖累了司法效率，这种种弊端带来的社会问题有赖于另一套公平原则的弥补。于是，作为普通法的补充，在普通法管辖不到的地方，履行法律的权力的衡平法出现了。这之后的英国司法史实际上就是两法之间不断发展、不断竞争以及最终合一的过程，期间还穿插着司法与王权的对抗。此外，清教主义的兴起对普通法的推动也是不容忽视的。庞德在这方面做了很好的补充："根深蒂固的清教主义是形成我们普通法精神的一个重要因素。……在一定程度上，是我们法律中决定性的因素。"清教中的道德主义倾向和个人主义倾向一方面伸张了对私人权利的保护，成为对抗普通法过去的保护神、现在的压迫者——日益扩张的王权的重要因素；另一方面，逃到北美的清教徒把严苛的清教道德戒律强加到普通法上。霍桑《红字》中的故事就是一个典型的例子：普利茅斯殖民地规定，对通奸者加以鞭挞，然后在其外衣的衣袖或背上缝上用布做的"AD"两个字母，代表"通奸"（李剑鸣《美国的奠基时代》）。这迟滞了北美殖民地普通法的进步。在同一时期的英国，司法权和王权则展开了一场较量，其结果是法律至上原则最终得以确认。随着历史的变迁，普通法的限制王权理论演进为对一切权力进行自然限制的理论，普通法中英国人的权利演化为人的自然权利。光荣革命之后的英国，商业资本的势力日益增强，而法律作为"阶级统治的工具"必须适应形势的发展。波洛克《普通法的精神》第六章的题目是"联盟与征服"，实际上叙述了19世纪两大诉讼程式的联合，即普通法融合了衡平法以及吸收商事习惯法的全过程。古老的法律在诞生900多年后，不得不通过一次次改良的方式不断适应新社会。在新兴的资本市场下，普通法遇到了各式各样的问题：案件增多，传统的判例遭到挑战，绕过法律的欺诈行为越来越多，以及严重影响效率的冗长繁复的司法程序。这些问题是推动19世纪司法改革的主要原因。英美法系之所以崇尚判例和不成文，是由于几百年的发展导致条文日益庞杂从而大大拉低了司法系统的效率。事实上，英国历史上也有不少成文法的例子，如1762年的税收法、1766年的进出口法，但是在优胜劣汰法则下，大多数已经消失了。

波洛克与庞德这两本同名书的写作时间相仿，因此这两本书中都充满了乐观主义精神。庞德在书的开头写道："现代世界，似乎没有别的制度像我们称之为普通法的英美法传统那样富有活力和坚忍顽强。"波洛克则在结尾发出宣言："自由——这就是我们对女神所做的一切，这就是我们对她的唯一报答……我们宣誓效忠我们的普通法女神，我们背负着正义，并且终身追寻正义之所在——对一个自由人来说，这样的事业无比艰苦，这样的事业也无比高贵。"显然，这两位作者都是站在普通法内部的角度来解释普通法的精神，在他们看来，司法经验和司法实践才是制定优秀法律的最好方法。波洛克认为："在诉答领域中设想出几道原则，然后按照这几条原则去做严格的逻辑推理，这样的做法在实践中是无法被接受的。"庞德则通过当代普通法中的几个显著变化，论证了普通法的发展性、正义性，这位颇有"大普通法主义"的法学家对普通法体系之外的法律有所偏见，"实际上拜占庭原理在欧洲大陆已经全面试验过而且发现无效"。波洛克和庞德对普通法的溢美和雄辩很容易说服读者，但我们仍应当保留自己的独立思考。普通法并不是什么万能的灵丹妙药，时至今日，不断发展的罗马法系依旧富有活力，并在世界范围内发挥着重要的作用。通过立法解释、修正案以及吸纳判例法作为补充等方法不断改进自己，大陆法系并不比普通法逊色。

　　尽管我们分析了这么多普通法的起源和内容，却依旧没有接触到其核心意义。法究竟是什么？自古以来，法学家、哲学家对法律本质的解释各不相同。在边沁看来，社会是由个人组建的统一而又分散的原子集合排列，国家是这个分散集合实现功利目的保障"最大多数人幸福"的必要工具；在萨维尼看来，法是一个规范体系，它决定个人的行动自由机会受到保护的范围；在马克思看来，法律是以权利、义务为内容，以确认、保护和发展统治阶级所期望的社会关系和秩序为目的的行为规范体系，本质上是一种阶级统治的工具。我在这里无意讨论孰是孰非，但有一点是可以确定的，那就是普通法在推动资本主义发展进程中发挥了重要的作用。韦伯曾经认为理性化是资本主义诞生的重要的背景性特点，但他无法解释为什么资本主义真正的策源地英格兰没有一套井然有序、完整正式的法律体系。在我看来，韦伯似乎没有注意到英格兰法律中的一些近代性因素。正如梅特兰所言，英格兰法具有平等性，各社会阶层很早就没有法律身份而只有文化身份，也不存在法国那样三个等级的严格分离，同时对个人财产权具有绝对的支持和保护。正是这两种特点让英格兰发展出发达的货币经济。在经济史大师大卫·兰德斯看来，甚至在工业革命之前，英格兰就已经跨越了贫困线而达到近代社会的水平。繁荣的商业经济和海外贸易制造出的大量的小私有者，才是英格兰人通过消费拉动国内生产，不断发展并率先进入资本主义社会的原因，而不是辉格史学家鼓吹的"古老宪法"和"连续性"，这是我们在阅读相关书籍时所应注意的。

内卷化：华北的昨天与今天

前几日，借着读书会组织读书的机会，我拜读了仰慕已久的黄宗智先生的代表作《华北小农经济的社会变迁》，心中感慨万千。除了对黄先生学术成就的敬佩外，还有一种陈寅恪"读史早知今日事，看花还似去年人"的感慨。

在书中，黄宗智结合形式主义、实体主义、马克思主义三种农民学研究传统，为我们描绘出华北小农社会在以百年为单位的时间维度上的演示图景：在人口增长、阶级分化的双重压力下，一个自耕农为主的小农社会逐渐趋向半无产化和半经营化，最终停滞于半小农社会。这一封闭、停滞的小农社会在百年之后以一种令人瞠目的方式重现，不得不说是历史开的一个玩笑。

近日恰逢"几家欢喜几家愁"的高考发榜，网络上又一次流传起河北各大超级中学的高考成绩，其中衡水中学尤其耀眼：一百多位 700 分以上的考生，一百多名被清华、北大录取的学生。引人注目的还有河北的高考录取分数线。虽然一本线并不突出，但清华大学的录取分数线令人震惊地达到了 704 分，"省状元"在河北上不了清华、北大或许已经不算什么新鲜事，但 700 分上不了北大还是让许多人感到讶异。有些人夸赞河北教育优秀，而更多人则怀疑这种教育方式存在的意义。从各大网络论坛到新闻报刊，双方都展开了激烈的争辩。在这场论战者中，有不少人提到了"内卷"这一词，用来描述华北的教育现状。虽然我怀疑这类学术词汇的"泛用"是否有益于促进公众理解，但不得不承认这个词用来描述当今河北的中等教育现状是相当准确的。

作为古代国家的腹地，华北地区同时具有较高的人口密度和相对匮乏的物质资源两大特点。正如形式主义农民学所做的分析，在生产力有限的前现代小农社会中，以家庭作为基本生产单位的小农为了获得最高的利润，不得不采取选择高度集约化的、劳动力密集型的农业生产方式。今日的河北省也是如此，它邻近京津的地理位置和极大的人口数量决定了其人均教育资源远远不如北京和天津，而河北在高等教育上的劣势则被大学招生现状放大到令人醒目的程度。众所周知，各大名校对所在地的考生或多或少会有一些政策上的倾斜。相较之下，北京、上海的学生就有着较大的优势，而河北省只有一所位于天津的 211 大学——河北工业大学。为了争夺省外名校的录取名额，河北考生之间的竞争只可能是一种零和博弈。

与所有的资源分布规律一样，优质的教育资源同样具有稀缺性，处于金字塔的顶层。教育资源不仅在省级行政区域之间存在着分配不公，在一个省的内部也存在着巨大的差异。比如，石家庄、唐山这些经济相对发达地区的高中生所享受的教育资源与衡水、保定等地的高中生所享受的资源就存在差异。按照一般的教育规律，前者的成绩往往远高于后者，但衡水中学的崛起改变了这一切。

衡水中学的崛起揭示了这样一个事实，通过高强度的应试训练，就算在视野、综合素质方面远不如教育资源丰富地区的学生，照样可以在高考中取得优秀的成绩。因此，一开始仅限于市内招生的衡水中学名声越来越响亮，招生范围就渐渐扩大到了全省乃至全国。衡水中学为那些不甘心于被固着在父母阶层的拥护者们提供了一种通过高考实现阶层跃迁的最直接也是最具可行性的手段。

衡水中学的学生缺乏教育资源，正如百年之前的华北小农们缺少机械工具和现代肥料。于是，无论按照理性主义还是形式主义的论证思路，他们都不得不选择了在单位内累加劳动力的生产方式，这种生产方式在一定的历史条件下，确实获得了最高的产出，但若从宏观的视角下进行观察则不然。与几百年前的世界相比，现在世界的信息传递速度已经空前地加快了，如果说过去华北小农经济的"内卷化"尚花费了百年时间完成，那么现阶段华北高考的内卷化速度则是惊人的。在衡水中学令人瞩目的成功之后，河北的各大中学开始效仿。从军事化管理到刷题战术，再到印刷体一般的书写规范，各大中学纷纷推出严格的规定，严格管理学生，河北考生的成绩也如发了疯般地上涨。2018 年河北理科状元的成绩是 734 分，对这类学神我等凡人自是五体投地，但如果在其他省份有着更为宽松的学习环境，或许他除了成绩之外还有更多的个人发展空间。河北高分考生数量年年再创新高，可"2+8"大学录取人数没增加多少。在内卷化的华北小农社会中，随着人口的增长，个人的农业产出呈现出边际递减。而现今随着"衡中模式"的大力推广，河北考生花在高考上的精力年年增加，可是获得优质高等教育的机会没有增加，提升自己能力的机会和发展自我的时间却越来越少。应试水平的进步被不断增加的考生人数和不断增长的超级中学的数量所吞噬，这马尔萨斯式的末世景象实在让人感慨。

我们在关注衡中学生的同时，常常忘记了他们实际上已经是同龄人中的成功者。陕西师范大学、中国科学院与美国斯坦福大学共同完成了一个覆盖西部近 2.5 万名学生的调查报告，报告表明，2007—2013 年，每 100 个进入初中的贫困农村学生，有 69 人能够从初中毕业，仅有 46 人能进入高中，高三毕业时，只剩下 37 人，其中普通高中 23 人，职业高中 14 人。相比之下，约有 90％ 的大城市学生能进入高中就读（普通＋职业高中），这还只是中等教育上的差异，反映在高等教育上就更为明显了。当我们为"感谢贫穷"的北大学子欢呼的时候，又有几个人注意到了巨大的人口基数？当我们考察河北乃至中国教育体系的运行逻辑时，不能忘记黄先生教给我们的分层分析与综合分析结合这一基本方法。对于南京外国语学校或者北京师范大学附属中学的学生来说，高考只是用来锦上添花的工具，当地中产阶级乐于看到他们通过出国留学这一转移内卷化的方法为他们提供更多的受教育机会，这些学校也不需要用高考成绩打广告。在现有条件下，只有更加公正地分配教育资源，增加教育上的投入，才能真正实现教育公平。

情欲：阿芙洛狄忒之死

——小议反乌托邦文学中的权力与性爱

1963 年，阿道司·赫胥黎因为癌症而烂掉的喉咙已经发不出任何声音，他用笔写下了留给妻子的著名遗言："LSD（麦角二乙酰胺），100 毫克，肌内注射。"她满足了丈夫的临终愿望，在早上 11 时 45 分完成了一次注射，并于几小时后完成了另一次。第二次注射后，她附在丈夫的耳边轻声说道："放心地朝前走，前面就是光，朝着光的方向飞吧。"几分钟之后，赫胥黎去世。

当阿尔伯特·霍夫曼无意中将两支试管中的溶液混合制造出 LSD 时，人类历史上传播最广、药效最强的人工合成致幻剂诞生了。在五年后的那一次著名的自行车之旅后，他描述了自己服用 LSD 后的感受：仿佛看到自己的灵魂离开了肉体，悬浮在空中。房间里所有的物体都变成了狰狞可怕的怪物，墙壁也在对着他狞笑。前来送牛奶的邻居在他眼前幻化成了阴险的巫师，连助手在他眼前也开始扭曲变形……

或许用 20 世纪 60 年代诗人们的话说更直接，"好像在做爱一样"。

与从维根码头走出来的奥威尔相比，科学世家出身、牛津医科毕业的社会精英赫胥黎作为 LSD 使用者和研究者，自然明白致幻剂所带来的奇幻效果和精神快感。相比奥威尔在巴黎伦敦的落魄和在西班牙战场上的出生入死，身为 D.H 劳伦斯好友的赫胥黎更理解爱，或是说性爱在人类精神领域所占据的重要部分。由此也不难理解《一九八四》与《美丽新世界》中的极权社会对性的态度为何大相径庭了。

尼尔·波兹曼在《娱乐至死》的序文里写下那句广为流传的话："有两种方法可以让文化精神枯萎，一种是奥威尔式的——文化成为一个监狱，另一种是赫胥黎式的——文化成为一场滑稽戏。"在性领域也同样如此。在社会原子化的进程中，家庭作为社会生活中的一个基本单位被拆解成为必然，对性生活这一家庭生活中重要部分的管控成为维持统治的核心手段。而大洋国和新世界在此方面采取的截然不同的政策方法，也让我们从中窥见极权统治的两种方式。

在马斯洛需求层次中，性作为最基本的生理需求排在第一层次，位于性亲密（第三层次）之前，从侧面印证了弗洛伊德的那句名言"一切爱情的基础都是性爱"。而在奥威尔设计的精神监狱中，"柏拉图"式的爱情是毫无可能的。因此，"老大哥"所面临的对手就剩下性欲这种人最为基本的欲望。奥威尔用冷峻的笔锋描绘了政治狂热是如何压抑性冲动的：

"你做爱的时候，你就用去了你的精力……只要你内心感到快活，那么你有什么必要为老大哥、三年计划、两分钟仇恨等这一套名堂感到兴奋？"

"他想，这话说得有理，在禁欲和政治上的正统性之间，的确有一种直接的紧密的关系。因为，除了抑制某种强烈的本能，把它用来作为推动力之外，还有什么别的方法能够把党在党员身上所要求的恐惧、仇恨、盲目信仰保持在一定的水平呢？"

党通过对性欲全面限制，将其精力与发泄渠道集中到革命行动与支持行动中来。除了"仇恨周"这种大规模的释放以外，还有每天的"仇恨两分钟"以及其他仇恨灌输活动，既借助这些活动巩固了人们对反革命的仇恨以及对党的热爱，又能使人们积压的情绪与精力得以发泄，而不至于把它投入其他不必要的地方。不断的游行、社区集会、活动以及"仇恨周"要求的大量手工制品，甚至是众多滑稽的历史事件与外交冲突，都是为了使人们将自己的精力全部投入、将焦躁"无害"消除的一种手段。

除此之外，在这个物质文明尚不发达的世界中，通过"有意贫穷"等手段控制生产，实际上控制着群众所摄入的热量，乃至借此控制着底层人民智力的发育。所谓"仓廪实而知礼节，衣食足而知荣辱"，通过严格的等级制度将无产者事实上非人化，再加上强大的宣传机器和高压的镇压体制，以及对少年儿童进行洗脑教育，控制下一代，发动他们监视父母，并借此彻底毁灭家庭内的情感牵连；通过指派婚姻制度将繁衍政治化、任务化，强调这一行为的政治性和目的性，将这一行为所能带来的满足感渐渐消失……从本质上来说，大洋国是一个用仇恨维持、低生产力的高压社会。

这一设计中不合理的地方也不少。肾上腺素和荷尔蒙终究有着不同的功能，对领袖、对集体的狂热信仰终究无法完全取代性快感。教皇宫廷中的性丑闻数不胜数，维多利亚时代的绅士们也未必表里如一。即使在中世纪，想要用宗教狂热压抑性冲动也是不可能的（甚至在更多时候，性奖励成为宗教笼络支持者的一种手段），更何况在近代社会。当集权体制出现裂痕时，爱情之火往往是烧穿脆弱外壳的第一把火。在反乌托邦三部曲中，爱情（或性冲动）均为主角尝试脱离体制的重要动力，而在现实世界中，爱情往往也作为反抗的象征和动力。刘慈欣曾评价说，《一九八四》中的世界看似是反乌托邦三部曲中最为黑暗的，实际上是最为光明的。因为只有在这一世界中尚有自由意志的存在。在高度"道德洁癖"的意识形态的压制下，一般意义上的爱情失去了存在的人际关系基础，性冲动由于性快感的消解也大打折扣，但只要人性尚存，就会出现更多的温斯顿和茱莉亚，这个永动机般运行的社会仍不是彻底的一潭死水。

将性彻底庸俗化的《美丽新世界》则是物质文明高度发展的结果。因为满足人们的温饱问题之后，总要想办法满足人们的精神需求。统治者发现，满足人们一切需求，特别是给予了身体上的刺激使之充分满足后，人就不会有更多需求，也不会关心更多的事情。以欲求的满足控制民众，这就是《美丽新世界》的方式。因而，香薰、靓丽的衣装饰品、感官电影不一而足，其中最重要的就是性的满足。

对性行为的完全放开，促进滥交、乱交现象的产生并使之正常化，实际上是在破除爱的私欲成分，将其泛滥并劣化为与友情无异的普通感情。爱情本身变得无足轻重，倘若这个人不行，那换个人就行了。另外，性行为能够给人带来最大限度的满足，这种满足是爱情追求的最高结果。性行为堕落至信手拈来的程度之后，人们就将浸淫于这种极强的满足之中，再加上一些舆论的引导，追求爱情的必要性也就失去了。失去追求爱情的必要性后，爱情本身的私欲就不会被了解。与企图抑制、消灭性快感的大洋国不同，顺应人性的新世界更加稳定。既然可以不负责任地纵情享乐，婚姻又有何意义？人类"自私"的性欲渐渐压倒了家庭的责任感，性也成为舒缓压力的最快速手段。

通常情况下，滥交必然带来的是人口的爆发式增长。孩子代表着一对伴侣之间的联系，是一对伴侣绑定的标志，并附带了相当多的责任与不必要的感情。这与滥交的方针是相悖的。所以，在采取人工繁育政策之后，彻底拔除繁衍生息带来的责任与感情负担，能使人毫无顾忌地投入肉欲的满足中去。在泛娱乐化的环境下，人人接受相同的东西，一千个人同一张面孔成为现实。

而在这一环境下，人类的自由意志已经不复存在。正如电影《发条橙》中所说："彻底的善与彻底的恶一样没有人性，重要的是道德选择权。"而在新世界中，人类也失去了约翰所言的"选择痛苦的权力"。人类失去了自我思考的能力，进而失去了选择权，直到最后，那些被我们称为"文明"的东西似乎也不确定是否存在了。若从道德层面上考察则更为有趣：从个体层面上，以满足自身欲望为第一乃至唯一目的，这似乎让人变得自私了，但从整体层面上看，人人都是社会、体制的一部分，又是如此"无私"。这种悖论揭示了与大洋国相比，新世界的体制是多么的稳定。

尤其是当这个社会经过几代运行而趋于稳定之后，异见者的力量就会显得特别弱小，也不会得到理解。这时候，将异见者从社会中剥离也就不会产生多么严重的后果。这也是这种方法的恶毒之处，人们不会同情试图将自己从无尽欢愉中拉出来的人。沉溺于欲望之中的人类如同提线的木偶，任体制摆布。

反乌托邦小说常选择以性作为控制的核心起点。从精神意义上看，性是爱情最直接的表现形式；从实用意义上看，性是繁衍后代的必要手段。从原始社会到现代社会，人类一致认为性是应该由其自由选择的，并且认为性最终理应为爱情所生，是私人伴侣间的行动。这就是爱情和性走到终点的独占欲。

在这样的语境下，性的封禁意味着剥夺人性，放开意味着泯灭人性，而这种人性最直接的表现就是对伴侣的独占欲。反乌托邦作品中的极权社会试图毁掉这种独占欲，从而使人以不同的方式稳定下来，处于完全的控制中，而人类自然会反对这一控制。在性的催化作用下，类似《我们》中那样 503 因为对 330 的爱而产生的反叛将永不停息。这也正是对性的全面控制的意义所在：消除以爱情、亲情为首的感情对社会极权统治的潜在威胁与不确定性，从而实现更加稳定、安全的统治。

反乌托邦小说作为精妙的寓言像是一面镜子，投射出未来百年的社会现实。一个社会对性的态度的种种微妙变化则像是一块风向标，及时地测试着政治思潮的风向。而对爱情和性的正确态度，从某种意义上是对极权主义最大的反抗。但愿在奔流不息的现代化浪潮中，阿芙洛狄忒的灵魂永远不死。

后记

这篇文章从某种意义上也算是有感而发的时评。所谓一切历史都是当代史，对过去历史的解读往往影响着对现实的理解。当我们自觉对社会运行和历史进程的介入程度越来越低的时候，实际上已经在不知不觉中被卷入了历史的大潮。

本文原为校报《观澜》的约稿之一，我本想再谈一谈《来自新世界》和《使女的故事》，但由于篇幅原因未能如愿。尽管尽力压缩，却依旧因超出字数而未能刊登。尽管有些看法现在已经不同，但在此不多做修改，算是对"私人生活史"的必要记录吧。

星际牛仔：SEE YOU SPACE COWBOY

又一次说再见。

对着一艘被全宇宙通缉的肇事逃逸飞船说再见，上面盛产幻觉蘑菇和变异的松阪牛肉，晚餐是没有肉丝的青椒炒肉丝，洗澡用的是没有热水的热水器，船员是两男两女，还有一条名叫爱因斯坦的狗。

See you space cowboy, you're gonna carry that weight...

—

或许《Cowboy Bebop》是个悲伤的故事：当浑身是血的 Spike 一步一步地走下台阶，摔倒后从血泊中站起，做了一个开枪的"嘭"的手势后轰然倒下（值得一提的是这个动作后来被《英雄联盟》中的德莱文致敬）的时候，片尾曲缓缓响起，直到星光黯淡，万物归于尘土，这也是动画最后的结局。

毕竟，男人是一种浪漫到死的生物。

《Cowboy Bebop》的基调在第一集就定下了，赏金猎人和罪犯情侣的飞船追逐战，老套商业电影桥段的改编，却有着不老套的结尾：一颗子弹划破了女人手中价值千万的药水。

"笨蛋，弄破它我们就完了。"男人抱怨说。

女人望着男人说不出话来。原来，在男人心中自己还不如这一瓶药水。这一句话打碎了女人心中最后的爱情和最后的信念。

太空中的两声听不见的枪响以及留给 Spike 的一个挥手告别，还有片尾字幕的那一句："Easy come, easy go."生命真的有这么不值钱吗？

也正是在这个时候，我爱上了这部动画。

二

而后的故事接踵而至：

与名字叫"卡里姆·阿卜杜尔·贾巴尔"的罪犯为了一条狗而发生的追逐战（此处致敬李小龙），被莫名其妙欠了六百亿债的赌场老手女主角 Faye 蹭船，顺带粉碎了黑帮的交易计划……主角们过去的故事也陆续展开：

第五集，破碎的窗玻璃哗哗落下，玫瑰花瓣之中是倒下的女子和飞起的白鸽，修长的手指洗着最后的牌局，《Green Bird》缓缓响起，华丽的镜头切换——这是文艺老青年渡边信一郎的浪漫情调。Spike 从前所属的组织干部毛恩来和他的两个小弟克林顿和希拉克被高额悬赏，Jet 却发现 Spike 异常沉默，他问："你是不是有什么瞒着我？"Spike 却反问："你的左手怎么没了？"
两个男人在共事多年后第一次对彼此过去的诘问却带着
一种不言自明的悲凉气氛。或许这就是所谓男人的浪
漫，不问过往，只在当下，各自承受自己的故事，很少
分享自己的痛苦。所以，Faye 说："男人真是些傻瓜。"
其实我也是这么觉得的。

　　《Sympathy for the devil》是我很喜欢的一集。
"原来如此，我可以用这种方式死亡，身体越来越重，
精神却越来越轻松。你知道吗？"不老不死的小孩最后
如此说道。Spike 说："我怎么知道？"他说的不知道
不是关于死亡，而是关于死后的感觉。随后，他对着空
中的口琴开了一枪，这一枪正如同最后一集他的那一声
"bang"，是给沉浸于梦中之人的镇魂曲——比如说他
自己。

　　飞船继续航行着，Spike 最讨厌的三样东西——女
人、小孩和狗——就在飞船上凑齐了。Jet 问 Spike，
Ed 为什么会用激光在地球上作画呢？Spike 想了一下，
说："大概，是因为一直都很寂寞吧。"

　　这也正是 Bebop 号船员们唯一的交会点。

　　《Ganymede Elegy》，Jet 逝去的爱情。

　　她说："那个时候也一样，什么事情都是由你决定，
而且全部都是正确的。和你在一起，我什么都不用做，
就像小孩子一样，天真地抓住你的手，一切就没事了。

我很想替自己决定生活方式，就算做错了。"Jet 这样的传统好男人似的大男子主义者是理解不了的。对于女性来说，自我决定人生往往是最重要的，她与 Jet 的告别并不是因为 Jet 不够优秀，而是太优秀。

正如另一个大男子主义者 Spike 所说："我只是确认自己是否活着"。寻找自己存在的意义，获得生存的感觉，是他们心中更远大的东西吧。

《Cowboy Bebop》对女性的刻画其实不亚于《少女革命》这样的作品。从第一集罪犯的爱人到主角 Faye，Julia，甚至双性人同性恋 Gren，每一个女性都有自己独特的性格，但都有一个共同点：独立自主而不受束缚。如果说"娜拉出走以后"是一个老问题，这部动漫则无疑给出了不错的答案：当看到开着跑车、戴着太阳帽狂飙的 Julia 让 Faye 告诉 Spike 她过得很好，Gren 的那一句"我依然爱着你"时，我所感受到的是近年动画中女性所缺少的东西，真正的人物不是仅靠堆积几个"萌"属性就能塑造出来的。我们看到几十年前的 Faye 在录像带里对着十年之后的自己说"不论你现在在哪里，在做些什么，我都支持你。加油，我自己。"时，也会像 Faye 一样流下不经意的泪水。

Faye 说："我不需要同伴，在人群中感到孤立无援，还不如一个人享受孤独。"其实哪有人会喜欢孤独，只不过是不喜欢失望而已。当你以为的真爱其实只是给你转嫁债务的骗子，当你在赌场上诈骗多年，其实还的是不属于自己的债，却只是说出一句"别离太悲伤，所以我一个人先走了"。而她回到自己已成废墟的故乡新加坡，沿街狂奔，以为自己找到了归宿之时，结果发现已是一片荒芜，只有画地为床，落寞地躺在沙砾的废墟中，茫然四顾，只能找到回忆中星星点点的画面，而昔日的伙伴已是年过花甲的老人，最后只能回到 Bebop 号上。Faye 是个没有过去的人，也正因为如此，她虽然不懂回忆，但也离不开过去。

比起 Faye 和 Spike，Jet 对过去的态度就潇洒多了。在得知前妻已有了幸福终点后，他随意地将那块过去不曾离身的怀表抛入河中，哪怕这块怀表承载了多少个昼夜的思念与寂寞；面对让自己失去左手的背叛过自己的老同事以死谢罪的空左轮把戏和那一声"禁烟……破戒了"，他只是缓缓地松开了手，然后头也不回地离开。

毕竟，男人是一种浪漫到死的生物。当 Spike 的飞船被电脑病毒入侵即将坠毁时，他对 Jet 说：

"我偷藏在冰箱后面的酒，你可以拿出来喝了。"

可惜他遇到了更浪漫的理工男 Doohan。"你想控制机器，还是被机器掌控？"他拖出自己珍藏的 20 世纪的老式飞船，以纯手动的方式，操作救下了 Spike，却只留下一句"把酒拿给我喝就够了"。

如果说金庸、古龙的武侠小说是对"草莽中国"和

"庙堂中国"进行整合的结果，《Cowboy Bebop》则将中世纪到现代的文化炖作一锅大杂烩：和 Spike 决斗、喜欢 Cos 中世纪骑士和日本武士的牛仔 Andi 与热爱在"物质文明的罪恶痕迹"——高楼上搞恐怖袭击的"自由主义恐怖分子"的冲突是不是有点儿现代文明和传统价值观对立的意思？因为发现安全事故真相而被开除，最终被自己所设计的程序困住并在里面下了一辈子象棋的老程序员是不是让人想起了《棋王》和《防守》？还有致敬《异形》和《2001 太空漫游》的那一集、影射政治正确的环保主义恐怖分子的那一集以及《道化师的镇魂曲》从剧本演出到音乐由今敏一手包办的一集都是我心中《Cowboy Bebop》的最佳集数。98 年诚意满满的 3D 效果足以让现在的一些所谓 3D 动画汗颜，从暗讽 CIA 的"杀人机器训练计划"到最后游乐场的决战，庞大的内容在短短 20 分钟内不紧不慢地展现出来。诡异的音乐和晃动的镜头让人感受到悲凉的气氛。Spike 的异色瞳让不可一世的杀人机器东都想起了以前实验时旁边猫的眼睛，当我们看到他倒在地上号啕大哭，哭喊着"妈妈"，并最终被经过的巨大小丑踩死时，我们不会为 Spike 的劫后余生而感到庆幸，那句"已经结束了"将千言万语汇作短短五个字，而将剩下的东西交给读者自己去体会。这也正是导演的高明之处吧。

三

离别之日。

Ed 笑着送给 Spike 一个风筝，悄悄走了。

Jet 说开饭了，却再看不到热闹的一群人，只剩 Spike 和他无言对坐，一口一口塞着鸡蛋，两个人吃着四个人的饭。

最后的决战，spike 一个人玩着手枪。Faye 遇到 Julia 后，一路风尘仆仆地跑回飞船上，遇到了准备一个人去送死的 Spike。

"我一只眼睛看着过去，另一只看着未来，可我看不见现在。"

回应他的是三声射向天花板的枪响。

"我不是要去死，我只是想亲自确认一下，我是不是真的活着。"

电影《德州巴黎》里，主角 Travis 开着汽车去寻找他出生的地方。Spike 开着飞船飞走以后，Jet 问 Faye，"那个 Julia 是一个怎样的女人？"

"美丽、敏感，又聪明，实在是太聪明了，让人放心不下……男人真是些傻瓜。"

如同 20 年后的超级英雄电影一般，Spike 单骑突入组织的大楼，一直到最后遇到了情敌 Vicious。

"Julia 死了。"

"我知道。"

没有半句废话，刀尖对子弹，第一下就打中了各自的要害。

"就此结束吧。"

彼此交换了武器之后，双双倒下。

四

最后讲一点儿别的吧。

那个骗子说，Faye Valentine 这个名字是我取的，因为情人节是我一年当中最喜欢的节日。

这也是我很喜欢《Cowboy Bebop》以至于尽管快要没时间睡觉，但仍然看了五遍的原因之一，我不过情人节。

总是有人不理解我为什么这么喜欢这部动漫，我告诉他，长大后就懂了。

如果把《攻壳机动队》比作严肃的社会学、物理学、生物学、哲学教科书，《Cowboy Bebop》则像马克·吐温和欧·亨利的短篇小说集，在一个个精致幽默的小故事之间，穿插着一点儿契诃夫式的深刻，一点儿菲茨杰拉德的繁华和"逆水行舟"般无可奈何的悲凉，一点儿 Jazz 音乐，一点摇滚，一点儿《荒野大镖客》类似的西部片的情调，一点儿讽刺，一点儿文艺范……

似乎什么都有一点儿，而这每一点集合在一起，就成了所谓的情怀。

上次和姐姐聊天，被她吐槽 16 岁的我有着 60 岁的灵魂，我回了一句"高贵的灵魂只会在时间的逆流中不羁地游走"，却不禁哑然失笑，和 Spike 一样，我也是活在梦里的人。不过，时间还长，让我上来喘口气，把梦再接着做下去。

See you space cowboy, you're gonna carry that weight...

后 记

这篇文章算是典型的"高中生小清新"作文，无论是结构还是内涵，都无太多可取之处，里面许多观点和表述我现在都不赞同，但为了还原我当时的精神状态，还是不做改动。

我依旧喜爱渡边信一郎的动画作品，只是随着时间的流逝，当初的狂热正在渐渐消退，或许未来我还会有不同的看法。

新海诚："御宅族"时代的抒情诗人

2002 年，因独立制作动画短片《星之声》而获得业界关注的新海诚受到邀请与富野由悠季对谈，在谈话中，富野告诉新海诚：

"是以职业作家的身份前进，还是要成为业余艺术家呢？这个问题是很重要的。"

富野在十几年之后带着一点儿嫉妒地评价《你的名字》："属于当今流行的东西，要说 5 年之后能不能看得着，就非常难说喽。"在富野眼中"仅仅做感兴趣的东西"的新海城在 2017 年拿下日本电影学院奖最佳编剧的荣誉。虽然有些意外地与最佳导演奖擦肩而过，仿佛侧面印证了富野当年那个"作家还是艺术家"的问题尚未得到圆满解决，但在挫折中成长，从小众监督渐渐走向大众导演的新海诚已经渐渐进入人生事业的上升状态。

与在大众媒体和文艺界受到的好评相比，部分粉丝对《你的名字》表现出无感甚至失望。著名的亚文化批评家东浩纪在看完电影后发出了感叹："看完了《新哥斯拉》和《你的名字》，觉得死宅们的时代要终结了啊。"这一感叹确实是意味深长的。当奠定了"第三代御宅族"精神基础的《EVA》之父庵野秀明以创造近十年真人电影票房纪录的《新哥斯拉》重新引起国民的关注时，新海诚则用一种相反的方式，完成了对自己20年动画制作经历的总结，也宣告了一个亚文化时代的结束。

主体的确认

诚如荣格所言，一个人毕生的努力就是在整合他自童年形成的性格。新海诚的动画作品有着清晰的故事原型：彼此认可而相互思念的少男少女被交错的时间和空间分隔开，为了追寻彼此不断地克服障碍，最终如逆水行舟般一次次被冲回人生的岸边。就如"兔子"之于厄普代克，盖茨比之于菲茨杰拉德，奥斯卡之于格拉斯，若干个渡边之于村上春树一样，新海诚动画中的男主角同样有着显而易见的自传性色彩。新海诚把自己身上的若干元素提取出来作为或主要或次要的特性赋予故事的男主角们，贵树的计算机专业，泷在建筑绘画上的特长，浩纪和拓也对机械的喜爱，这些无不折射出新海诚本人的影子。当我们在讨论后个体人物的元素化是后现代文化发展不可避免的进程。借用鲍德里亚的拟像概念，东浩纪提出了后现代亚文化语境下的"数据库"消费理论，大意是现代御宅族消费的对象已经从旧有的宏大叙事转向虚拟人物的可爱个性，而这些个性被加以解析、归纳、组合，成为适应文化工业批量复制再生产的"萌要素"。

从这一角度分析，新海诚早期作品的人物可谓"萌"的反面教材了，无论在形象上还是性格上，都没有引人注目的地方。就像深刻影响新海诚的村上春树的小说中的主角们一样，你无法从这些人物身上找到鲜明的性格，当你试图进入他们的内心之时，总会被不可逾越的"心之壁"所阻挡。这不禁让人联想到拉康所提到的"语言之墙"：主体的言说实际上无法真正到达另一个主体即"他者"；即使存在着一种主体间交流，那也只能是想象的主体间言语活动，即一主体自我与另一主体自我在想象层面上的言语交流活动。新海诚作品中的人物关系从不是真正意义上的爱情：猫与主人之间显然不存在任何主体间的言语活动，浩纪对佐亚子的情感也常让人感到莫名其妙；而从精神分析的视角上，新海诚的理解获取更接近于"爱"这一情感的本质：在能指的滑动之中产生的一种具有自恋性结构的移情行为，借助主体与他者之间的镜像关系而被锚定。

作为能指链中的一个循环，主体的建构离不开用大量符号堆叠而成的他者。制作电影／观看电影的过程可被视作一种他者对主体的凝视，而新海诚则制造出了一个横贯文本内外的大他者，一种在场的"御宅族文化秩序"。就像村上春树所谈到的:"人生基本是孤独的,但又能通过孤独这一频道同他人沟通。"新海诚通过对外部社会的"缺席性"描写制造出一层覆盖文本的被特定对象观众所熟识的象征界的薄膜。"3000多万人口的城市,想想的话,想说话的人一个都没有"正是这一覆盖过程生动形象的写照:实在界的原初失落被语言秩序的入侵所遮蔽,在追溯性误读中渐渐形成了一种对自我的规训。远野贵树对少年时代爱情惊鸿一瞥似的追忆,秋月孝雄对足部让人难以理解的痴迷,这种有意无意制造出的特异性无不是追溯所带来的结果,在影响了其象征界中社会性缺失的同时,反过来推动了男主角们对所指的寻找,却由于主体本身不可能脱离象征秩序,因此我们(这里是双重意义上的)永远只能在能指链条之间打转。"我要用什么样的速度,才能和你相遇?"远野贵树的困惑是许多人共同的问题。在后现代社会中,我们已然不可能追求某种难以感知的彼岸世界。而正如齐泽克所言,作为崇高对象的东西,是通过占据崇高位置而达到崇高的。而这个位置"处于两种死亡之间"。而在新海诚的电影中,填补生理性死亡和符号性死亡之间巨大孔隙的,则是他所营造出的遥不可及的距离,以及超越这份距离的思念。

欲望与距离

孤独是新海诚作品的主要情绪，而距离感则就成了这一情绪相伴的必然主题。在作画上，新海诚擅长勾勒背景，而不擅长描绘人物。在动画演出中，他发扬了他憧憬的岩井俊二的类似特点：大量空虚、几无意义的镜头被给到街角、路灯、星空、电车、广告牌、雨伞、这些无机物上，使其动画始终与我们保持着一种距离感。尽管这些经典元素都称不上陌生，但在新海诚极具个人特色的光影变幻和标志性的长镜头之下，观众的视线贯穿闪烁的星空或浩瀚的云海，却被呼啸而过的电车拦下。在氛围营造完毕之后，新海诚才缓缓抛出那些象征距离的具体意象：8光年的星际长河和8年的通信时间，分割国家的云海中的高塔，阶级和年龄之间不言自明的差异，乡村、小岛和大都市之间的天壤之别，一瞬间的生离死别，当然还有最为经典的城市中匆匆擦肩而过的二人。新海诚的所谓爱情自始至终不存在现在进行时，就算在最接近恋爱状态的《星之声》里，美加子和升的恋爱感也在时间的距离下被冲淡。就像前文所提到的那样，若我们将这种感情视作一种对自我的移情的话，那么，在这种感情的形成过程中，记忆发挥了重要的作用。正如对象a是在历时性结构中被回溯性地产生的一般，"新海诚式的爱情"也是在时间和空间的距离中被塑造而成的。而在远野贵树灰暗的职场生活或者美加子艰涩恐怖的太空旅程中，青涩的青春爱情发挥了对象a的作用。在孩童被整合进入象征秩序的过程中获得了主体的身份，但由于同时存在于语言的能指链之外的不可名状的"原乐"已经失落进了实在界，因而当他们试图通过象征化的手段在能指链中锚定"原乐"所在的位置时，就只能如同试图在集合中确定一个不存在的元素一般无功而返。在主体接受象征界阉割的过程中，失落的原乐留下一个被阉割的残余物——对象a，这一伤痕空洞地指向实在界中的幻想，而正是这种幻想构建了主体和"理想自我"，赋予了主体象征性。

通过《星之声》里面那段经典的对白，我们可以很容易的窥见到这一伤痕在象征界中的表征：

喂，美加子，我啊

我啊，阿升

我怀念很多东西，因为这里什么都没有

比如说吧

比如说夏天的云啊，冰冷的雨水，秋风的气息

落在雨伞上的雨的声音，春天松软的泥土，深夜里令人安心的感觉。还有呢，放学后的凉爽空气，黑板擦的味道

夜里卡车驶过的声音

　　黄昏的柏油路的味道

　　阿升，这些东西啊，我一直

　　我一直，想要和美加子一起来感受的

　　这些对一般人来说在校园生活中司空见惯的景象在时空的分隔下成为连接两个人共同感受的纽带。在二十多分钟的动画中，新海诚没有描述二人的共同记忆，因为这种回忆是在距离之中被塑造完成的。在这里，距离发挥了象征界中父权体制的律法作用。在弗洛伊德的原父神话中，罪欲是先于律法而形成的。被称作"原乐"的邪质在意识形态的机制下化作父法的神圣光辉。在新海诚的电影中，绝大多数情况下父亲处于缺位状态，但拉康眼中布尔乔亚家庭中父权的两大功能：具有镇定效应的自我理想和残酷压迫的禁制超我依旧照常运行着。这两个大相径庭的功能有力地印证了"法罪互生"的观念："不是父亲及其法律杜绝了乱伦罪恶，而是父法禁忌和逾越罪恶相互促成的。"《秒速五厘米》中爱情关系显现的标志，是远野贵树冒着大雪赶到车站之后的一吻和一夜，《言叶之庭》中的标志是最后的挽留和冲突。而爱情则反过来拉长了这段距离。距离作为父法体制的表征，一方面通过禁止的手段生产"想见对方"的欲望，一方面却制造了"享乐承诺"：只要跨过这段距离，如同原乐般的享乐快感就是属于你的。因此，当寺尾升准备踏上奔赴太空的旅程时，实际上也就承认了以此作为基点建立起的庞大的父法秩序。

在新海诚早期的电影中，男女主角性格中大多都带着一种害羞和自卑，他们的情感永远介于暗恋和失恋之间的暧昧状态，当他们结束暗恋状态的时候，就直接进入失恋的状态。这种"永远无法在一起"的距离感构成了新海诚作品悲剧美感的主要元素，也成为被人诟病的一大原因。"现充"们无法理解：为什么他们会执著于无法触碰的爱恋？为什么他们在到达爱情的临界点之际，又会转头离开？

"欲望必须通过否定才能得到满足。"在上文已经简述过了，原乐的失落使得欲望成为匮乏的转喻。而作为原乐的终极表征和三界的交集，对象 a 的匮乏性使其作为一种"剩余快感"而存在。因此，任何与对象 a 的直接遭遇，都将破坏萦绕在对象 a 周围的剩余快感，破坏其对伤口所做的一切"想象性补偿"。于是，欲望在对象 a 的指引下奋力趋向它的客体，而在遭遇客体的瞬间，作为维持我们对现实幻想认知的对象 a 薄膜就此崩塌，而填入这道间隙的则是实在性创伤。在《秒速五厘米》的结尾，远野贵树在呼啸而过的电车前转头；而即使他进行了相反的举动，最好的结果也不过是像《言叶之庭》的 True End 一样：确认对方的存在，互相告白，互相拒绝。少年恋情的回忆只有作为一个高悬在实在界的崇高客体才能发挥其应有的作用，而欲望作为一种追求原乐的意志只有当对象 a 存在时才能进行享乐。因此，"确认对象 a 的存在，然后转身离开"成为了主体追寻对象 a 这一历时性结构的唯一出口，这也成为在资本主义意识形态中排泄"剩余快感"的本质方式。

在信息生产速度空前的现代社会中，作为实在界残渣的对象 a 大量剩余并被大量消费，那种不可言说的距离感和隔离感则被以欲望的形式排泄一空。在"无法表述自己"的焦虑和幻觉中，新海诚从日本传统文化中寻找来源。继《言叶之庭》中引入《万叶集》作为男女主角的交点之后，在《你的名字》中，新海诚通过对乡下古老民俗的描绘构造出一个陌生而有别于城市的乡村意象。他从东方文化中引入"缘"这一概念，而引申出的模糊的因果性则通过"交换身体"这一具象化的形式得以解释。正如新海诚所坦言的，这部动画的目标是要让自己的作品从小众走向大众，让不看动画的人也能欣赏。《你的名字》不同于新海诚以前的作品，它不再是驱力运行中主体无望地追寻对象 a 的寓言，而成为了在后现代语境下重新建构主体尝试的展示。

"世界系"的终结

"骑着脚踏车回家的时候看见夕阳……也不是因为感到哀伤，就是觉得黄昏和夕阳很美，莫名流下眼泪，但我就是在这个时候，体会到了自己跟世界是一体的。"

——《星之声》长峰美加子

作为新世纪日本动画中极其重要的作品类型，"世界系"这一作品并没有严格的定义。那么，要如何解释"世界系：这一名词呢？作为"世界系"作品先驱之一的《星之声》的作者新海诚坦言，他的灵感源泉来自村上春树的《世界尽头与冷酷仙境》。反差极大的世界和难以逾越的距离，这是新海诚作品的要素。而要解释"世界系"的起源，则要回到《挪威的森林》的结尾：

"我现在在哪里？我不知道这里是哪里，全然摸不着头脑。这里究竟是哪里？目力所及，无不是不知走去哪里的无数男男女女。我在哪里也不是的场所的中央，不断地呼唤着绿子。"

作为大他者的象征秩序的空虚和对作为对象a的"爱情"的追求、自我意识和世界终结被奇妙地结合了起来，村上预言般描绘了"世界系"作品的核心。而亚文化研究专家东浩纪则给出更为具体的定义，"世界系"作品是"把主人公（我）和女主角（你）两人为中心的微小的关系性的问题，不夹杂任何具体设定的中间项，与'世界的危机''世界的终结'这样宏大而又抽象的问题直接联系起来的作品群"。从这一角度看，村上春树为"世界系"提供了精神内核，而奠定作品基本表现形式的则还是庵野秀明 的《EVA》。作为庵野秀明的心血之作，《EVA》在日本动画发展史上的时代意义和开创性地位无可动摇。《EVA》的特别之处在于文本异常丰富的可解读性以及引起的巨大社会影响。追溯《EVA》内容和表现形式的根源，我们至少可以找到三个源头：一是源于社会问题和世纪末精神危机带来的压抑气氛；二是来自"御宅族"与现实世界之间的深刻隔阂以及监督庵野秀明当时自身的心理状态；三是来自青春文学中历时性的成长过程和恋爱元素。如果仔细品味，就会发现，《EVA》中的绫波丽、明日香、葛城美里三人的个性、文本功能以及心理象征都与《挪威的森林》中的直子、绿子、玲子有着一定的相似之处，甚至可以说，前者就是后者的动画化状态下的极端化表征，而象征着人与人之间无法逾越的隔阂的 AT 力场在村上春树那里成了"无法排解的孤独"和萦绕在故事中的"失能氛围"。当然，比起后续的世界系作品，《EVA》主要将视角放在象征秩序中父法的运行以及父权体制崩溃后母亲欲望无限膨胀和原乐复归的过程。早早看透对象 a 的残渣本质以及父亲这一转喻物对于欲望的支撑性作用，这也就是庵野秀明高明的地方。

新海诚的作品在某种意义上堪称《EVA》的直系继承人和终结者。如果说《EVA》确立了"世界系"作品的元构架，《星之声》则是带着自觉意识而创作的"世界系"作品。与庵野秀明不同，新海诚放弃了描述象征秩序坍塌和欲望生成的过程，而是把注意力转移到描绘欲望的实际运行过程中。他不断制造出"超越性的敌人"作为"世界系"的符号象征，以一种末日的姿态向观众宣告故事的终结。在《星之声》里，这个符号是与人类为敌的外星生命体和遥远的距离；在《云之彼端，约定的地方》里，则是矗立的分界线极北之塔；在看似消解了世界系主体的《秒速五厘米》里，这种符号是种子岛上直冲云霄的火箭。

而《你的名字》在新海诚电影中的独树一帜之处在于，新海诚以一种新颖直接的方式再现了主体的建构过程，以及赋予了主体脱离象征秩序的可能性。电影中，三叶和泷在交换身体后，面对镜像通过确认性征的方式构建了新的主体和"理想自我"，而大他者的在场则使得主体在异质物的刺激下，以飞快的速度完成了对自我同一性的确认。而彗星作为一种最具现实感，也最具毁灭性的符号的出现，则代表着象征秩序对主体的阉割。再一次失去原乐的主体不得不又一次承受着"母亲的离弃"，再一次体验着欲望的匮乏。

而从文本角度分析，与过往的"世界系"作品不同，"拯救所在的世界"和"拯救女主角"固然是推动故事发展的合二为一的动力，但在这里，故事真正的第一推动力还是"毁灭的象征"。就如同附身于三叶身体上 的泷对奶奶说的："或许过去的一切都是为了今天。"没有那颗降落的彗星，也就没有三叶和泷之间那小小的"世界"，没有了主体的第二次建构。在这个特异性的文本中，"彗星"作为大他者的表征凝视并塑造了主体，而在将主体纳入象征秩序的过程中又造成了永恒的实在性创伤。在经典的"世界系"恋爱物语的模型中，出口和入口都是单向的，男女主角的命运与世界缠绕在一起，这也是故事悲剧的核心。在《你的名字》中，成功和失败（放弃）两个出口第一次真正共同显现：是脱离象征秩序追求不可触及的"原初能指"，还是继续作为能指链上的一环寓居于象征界当中。进入三叶身体的泷通过对三叶过往的"凝视"发觉了想象关系的存在，在这里，"凝视"作为一种投射欲望的手段，发挥了带领观众和主角暂时从象征秩序中逃离并进入想象情境的手段。如果说对象 a 是一种"主体在他者那里形成之后的一种残余"，"母亲的缺失"被知晓则是进入象征界的节点的话，那么在想象情境中的泷和三叶所做的运动也就在"观视驱动"下渐趋向客体。在新海诚过去的作品中，"改变世界"的重任往往仅压在男主角身上，"维持关系"也仅是男方单向的追求，就像《星之声》的最后，寺尾升朝着航天科学研究所迈出的那坚定一步，《言叶之庭》中秋月孝雄最后的嘶吼和挽留。因此，陷入驱力的主体只能围绕着不可触及的对象 a 打转。而在《你的名字》中，新海诚塑造了一个最为丰满、最为坚强的女主角形象宫水三叶。仅仅为了一个隐约的思念和手上的一句"我爱你"，她可以在崎岖的山路上不停地奔跑，摔得满身是血，也可以在电车交错的瞬间因为一个模糊的记忆而下车紧追不舍。那个在阴影中模模糊糊的对象 a 消失了，取而代之的是一个正在进行镜像建构的主体。在大他者缺位的想象界，当主体与镜像最终相遇并确定彼此想象中的相似性之时。当男女主角擦肩而过互相问"你的名字是……"之时，也就意味着他们再一次回归到了大他者在场的象征秩序当中。他们的言语所需要的认可不再来自于镜像，而是来自于占据中心地位的象征秩序。这既是对自碇真嗣以来，"絮絮叨叨、无可奈何"的"御宅族"们的救赎，又是一种对人类生存状况悲剧性的反思：无论如何发展想象关系后逃离符号的掌控，终究不免坠落回象征界当中。"世界系"作为一种企图"想象另一个世界"的文本（参见《EVA》中的"人类补完计划"）也就渐渐失去了其意义。

结语：迈向国民监督？

若将"世界系"动画定义为"不夹杂任何具体中介"、缺少对外部社会描写的一类作品，那么在新海诚的作品中，"世界系"特征日渐稀薄。过去被隐藏在冰山之下的社会实体，又重新复出水面。在《秒速五厘米》中，我们感知社会存在的途径来自远野贵树繁重而无趣的工作和他的个人感受；在《言叶之庭》中，第一次出现了成型的（三人以上的）的社会网络，在"世界系"作品中超越性的敌人被具象化为社会的偏见；而在《你的名字》中，那些被弱化的现实因素：作为基层国家机器具现的镇政府、借助宗教仪式出现的家庭和其他社会组织第一次正大光明地出现，并在叙事上成为故事中 不可或缺的一部分，在"世界"与"我"的关系展开之 时，扮演了不同的角色。新海诚的叙事视角不再局限于 狭小的"你和我"之间的记忆。这种社会性特征的再次显现是"世界系"动画特异性消解的一部分，但这种消解是否如东浩纪所言那样，"与其说是一个时代的开始，不如宣告了一个时代的终结"抑或是新一代"御宅族"精神重建过程中的一个小插曲？我们尚未知晓答案。

　　有些媒体常常拿宫崎骏与新海诚做比较。正如新海诚所说的"我永远不会成为下一个宫崎骏"那样，宏大叙事的时代已经渐渐离我们而去，哪怕新海诚渐渐地"回归现实"，我们依旧不能期望从他身上得到关乎时代精神和人类命运这类话题的终极解答。从这个意义上，《你的名字》之后的新海诚依旧是那个小众的动画监督。在《你的名字》之中，我们见证了新海诚作为御宅族的代表为挣脱象征秩序所做的努力，尽管这种努力或多或少是消极意义上的。若将泷和三叶视作御宅族选取的冲破束缚迎向未来的他者形象，那么这一形象直到最后还是被不断膨胀的符号秩序囊括其中。

新海诚在最近的活动中曾经表示，下一步电影依旧以青春恋爱为主题。在《秒速五厘米》成功后，他遭遇了《追逐繁星的孩子》的失败，但也因此逐渐成长，直到最终完成《你的名字》。那么，下一部作品又将会如何？是借此成为比肩宫崎骏、今敏的国民监督，还是退回原来的状态？这一切只有时间能够解答。但我依旧相信，"一封信总会到达它的目的地"，亚文化作为深深扎入"主流文化"象征秩序中的硬核，最终不免在意识形态的运行中被排泄出去。《你的名字》的成功不仅不代表着任何意义上的和解，反倒代表"想象另一个世界"的可能性的复苏。毕竟，没有哪一种象征秩序是永久不变的。

后记

感谢名作之壁吧在 bilibili 网站上投稿的视频《名家名作特别篇—新海诚与 CoMix Wave 梦想与孤独 并擎》，省去了我许多收集资料的时间。

主要参考资料

[1] 东浩纪. 动物化的后现代 [M]. 大鸿艺术股份有限公司，2014.

[2] 限界小说研究会社会不存在—世界系文化论

[M]. 南云堂出版发行，2009.

[3] 齐泽克 . 意识形态的崇高客体 [M]. 北京：中央编译出版社，2002.

[4] 吴琼 . 雅克·拉康：阅读你的症状 [M]. 北京：中国人民大学出版社，2011.

[5] 齐泽克 . 斜目而视 [M]. 杭州：浙江大学出版社，2011.

[6] 肖恩·霍默 . 导读拉康 [M]. 重庆：重庆大学出版社，2014.

距离：跨越时空的爱恋

近日，新海诚新作《你的名字》在中日两地大火。作为一部动画电影，它的影响力已经远远超出 ACG 文化爱好者这一小圈子，而被主流社会所接纳，甚至得到了不少文化学者和评论家的关注。在以前写过的一篇谈论新海诚和《你的名字》的文章中，我提到，《你的名字》的成功得益于新海诚在一定程度上向商业电影的妥协，并在一定程度上改变了自己"御宅族"的风格和情怀，让电影不再仅仅是导演私人情感展露的工具，而成为与大众对话的桥梁。其中，最大的改变之一是让男女主人公不再拘束于狭小封闭的孤独环境中，而是与社会接触，还增加了大量对日本古代民俗、乡村风貌和都市生活的描写，让外国观众好奇甚或感同身受。这使作品扩大了受众，也脱离了原本"世界系"作品的含义。与之相反，有几部受众相对狭小的动画电影由于其商业宣传力度的缺乏而少被圈外人熟知。借此机会，我谈一谈这几部值得讨论的动画电影，也算抛砖引玉。

《星之声》

随着《你的名字》的上映，新海诚成功冲出宅圈，成为具有一定社会知名度的导演。他的其他作品的热度也因此上升。而作为新海诚制作的第一部真正的动画以及"世界系"的"开山鼻祖"之一，《星之声》浅陋的画风和粗糙的制作并不能掩盖这部电影的重要地位。作为新海诚作品的"原型"之一，《星之声》将舞台放在了未来世界，但与普通科幻作品的不同之处在于，作者并没有花费笔墨去描述作为"外部社会"的详细设定。这些设定在现在看来或许不足为奇，但在《高达 seed》正火、《银河英雄传说》的余晖尚存的 2002 年却称得上新奇。

事实上，作为一部 20 多分钟的短片，《星之声》讲述的故事非常简单。在 2046 年，高中学生长峰美加子被联合国录取为驾驶大型机器人在宇宙和外星人作战的航天员，而她的恋人，男主角寺尾升则留在地球上。他们之间唯一的联系方式就是手机邮件。但是，随着美加子离开地球的距离越来越远，邮件传达给男主角所需的时间也越来越长。最终，当美加子到达天狼星星系时，一封邮件要耗时八年多才能送达地球。

看到这里，对新海诚和"世界系"有所了解的读者，相信会倍感亲切。作为第三代"御宅族"的代表人物之一，受到《EVA》影响的新海诚在《星之声》中描述了这样一幅定格状的画面：彼此之间认可、喜欢的少男少女被浩瀚灿烂的星河分隔开，而他们每一句传到对方耳中的倾诉都是以年为单位的。少男少女青春的暧昧之情被交错而遥远的时间和空间所阻碍，新海诚的作品中所描写的正是这种执着和诉求，以及为了达成目标努力及其失败的过程。

这种故事在常人看来或许有些无厘头甚至矫情，青春期的朦胧情感本就是人成长中常有的过程，对此适当的怀念可以视作情怀，而过度的怀念则会带来反感。在过去的这一类电影中，常常有观众吐槽道：为什么男主角那么迷恋女主角？"御宅族"与"现充"不同的人生经历为作品的理解和评价划开了一道鸿沟。如何处理这种情感的表达也就成了一个问题。从这个意义上看，这也正是"世界系"动画最大的存在价值：在非日常的世界中，阐述日常的价值。

"这里的环境和地球很相似，可是这里和地球是不一样的，因为这里没有我们喜欢的店铺，没有我们曾经走过的路途。"美加子的独白在某种意义上揭露了当代社会的本质。无数的流水线生产带来的结果是人日常的焦虑和存在感的丧失。因此，维系人共同记忆的"日常生活"也就成为二者共同记忆的体现。"正因为是得不到的东西，所以才显得弥足珍贵。"当这种平凡而美好的"小确幸"也被现代社会的象征物所毁灭的时候，那种竭尽全力却又无能为力的悲剧感和追求感正是这部电影打动人的最为光彩夺目的地方。

"思念的距离是没有尽头的遥远。"正是因为距离，所以才能产生思念。这也正是《星之声》美感的根源所在吧。

《负荷领域的既视感》

《命运石之门》作为一部完成度极高的电子小说改编的 TV 动画，一直以其较强的悬疑性、逻辑自治的科幻设定和极强的剧情爆发力而著称。与此同时，动画对男女主角情感升温经历的描写不算太多，这让我们感动于二人跨越世界线的彼此理解的同时，更感兴趣于二人之后的故事。原作动画充满了含蓄美感的开放性结局给读者留下了无限想象的空间。因此，以商业为直接目的的剧场版电影的出现满足了粉丝们"发糖"的需求。

电影以男主角冈部伦太郎的挣扎作为开头，而后画风一转，集中讲述 Lab 成员之间的故事。在"命运石之门"世界线上的 Lab 成员与冈部伦太郎并无太多的交集，而对牧濑红莉栖来说，她与冈部的交集仅限于冈部从中钵博士手上将其救下，以及大街上的那次偶遇。时空轮回系作品的悲剧性的根源之一是信息的不透明性。主人公们为了改变自己、恋人、伙伴的命运而不断挣扎，如同西西弗斯般遭受着永恒的非人的痛苦，却不为人所知。我们以主角的视角，感同身受地经历那百感交集的时间旅程，因此我们的情绪也就在创作者或隐或现地引导下达到高潮。在这部电影中，导演实际上做了一次叙述视角的转变。为了消解观测者的孤独，他把原作中以"理解者"和伴侣身份出现的牧濑红莉栖移到了主角的位置上，而让原本作为拯救者的冈部转为被拯救者。主客体身份的互换必定带来一定程度上的情感波动和认知差异，而这种认知差异很大程度上被情感的冲动冲散了。导演很好地利用了优秀的前作。当冈部一次次突然消失的时候，观众很害易回想起真由里的一次次死去，这使导演不必花费精力去刻画、渲染绝望的情绪和两人之间的感情，从而将篇幅放在了拯救冈部和改变命运的过程上。

但是，在故事情节的展开上，电影出现了一定的问题。这与其说是导演的表现手法的问题，不如说是编剧的脚本设计问题。观影后，有许多粉丝认为电影篡改了原作设定，出现了大量的逻辑 Bug，在这方面，前人已经谈得够多了，我在此不过多评论。事实上，这部电影最大的遗憾在于其时间安排的不合理性、表现力的不足以及冲突的弱化。

《命运石之门》的游戏脚本担当林直孝和电影脚本构成花田十辉曾坦言脚本写作时的不容易。大量的信息被注入有限的时间中，如何使信息的输入和故事的进行相协调则成为一个难题。这部剧场版电影在原作的基础上并无补充，反倒留下了一些没填上的"大坑"。其中，最突出的表现在于阿万音铃羽这个人物上，在电影中，她的第一次出现是在酒店给牧濑红莉栖送上写满"时光机""Sern"等信息的便条，一下子让观众的心提到了嗓子眼。但在后面的影片中并没有回收前面留下的伏笔，整个人物的使用也是完全功能性的，她出场的唯一目的就是带来时光机。电影将这一原作中可以深度挖掘的角色弃之不理，充分表明了要贯彻爱情主题的决心。

但这一主题的展现真的足够完整吗？主题的主要载体是故事，而故事的关键在于冲突。原作 TV 冲突是多重展现的：冈部与军人、与 Sern 的冲突，反乌托邦世界与自由世界的冲突，当然还有最重要的恋人与青梅竹马之间的选择。这些问题拷问着主人公和观众，让我们感到焦虑和内心撕裂的痛苦，也使冲突的化解和结局格外温馨和甜美。在这部电影里，制作者想要表现的是红莉栖拯救伦太郎的过程，与《命运石之门》中冈部的行动相对应，但在红莉栖的努力上，远远不能与冈部的挣扎相比。因此，在效果上看，这种"互文"效果并不明显。我想，如果一开始就把主体视角放在红莉栖身上，多挤压一点儿时间描绘她在未来的痛苦和努力，那么效果一定会好很多。当然，这样，这部电影就不叫《命运石之门》了。比起用大量笔墨描绘而人格丰满的伦太郎，红莉栖的形象还是过于单薄了。

尽管或多或少有这些瑕疵，但当片尾曲响起的时候，我还是不禁抹了抹眼泪。《命运石之门》是一部打着科幻幌子，实际上以爱情为主题的动画作品 。以时间循环为主体的故事体系与"你和我的关系性和世界命运的归结一体化"的适应性极高，那种近在眼前看似触手可及实际上遥不可及的距离感就如同《命运石之门》的 OP 动画一样，给人无限的感慨。当观众如此思考的时候，作为一类商业作品的"世界系"动画也就达到了其真正的完成状态：接受主体按照客体的要求进行审美。

《凉宫春日的消失》

与《负荷领域的既视感》不同，《凉宫春日的消失》是一部改编自轻小说的动画电影。众所周知，轻小说改编成动画的难度并不大。动画监督必须处理好大量文本和故事推进之间的关系。《凉宫春日的消失》的原作小说是以第一人称进行叙述的，文本中含有大量的心理活动，如何将这些心理活动完整地展示，而又不若流水账似的倾倒则成了重点。在这一点上，京都动画淋漓尽致地发挥了自己的特长，即细致的作画和匠心独具的构图，其中尤重人物表情的描写。如果说新海诚是散文化的动画导演，以石原立也、武本康弘为代表的"京都系"导演（当然还有 Shaft 的新房昭之）则堪称小说化的导演。以改编轻小说成名的他们擅长将轻小说里冗长的心理独白转化为易接受的多样性叙述，将平淡无奇的情节用细腻的演出演示出另一种风味。《冰菓》和近日上映的《声之形》都是这一类的代表。

《凉宫春日的消失》的时空观与《命运石之门》不同。如果说世界线的设定多少还给人一点儿希望，单一世界的设定则更让人感到绝望。在世界线的变动中，你还能渐渐摸索出世界的规律，而在《凉宫春日的消失》中，面对除了自己之外翻天覆地的世界，阿虚和屏幕前的观众都被这样的打击所重创。在这里，我们可以管窥该电影对自《EVA》以来的泛"世界系"动画电影的一次极具特点的解构。在以往的"世界系"作品中，少男与少女的邂逅将他们带入与日常大相径庭的奇幻世界，一切故事都在这一世界的逻辑下进行。这类动画的主题表面上都是描述二人之间的关系，但精神内核还是在考察自我意识，《凉宫春日的消失》的母体"凉宫春日"系列作为这类作品的先驱之一就是很好的例子。而《凉宫春日的消失》作为一部电影的结构性则表现在对"敌人"的真实化。在《星之声》中，阻碍二人相会的障碍是不明所以的外星人和遥远的宇宙距离；在《最终兵器彼女》中，作为"超越性敌人"的战争从头到尾没有真正出现；而在《凉宫春日的消失》中，《凉宫春日的忧郁》里面那些"世界毁灭"似不可见的大危机被一道选择题所替代："在那个充满了奇幻、冒险和麻烦事的不可思议的世界和温暖平凡的日常生活之间，你选择哪一个？"在这里，阿虚与观众的同一性就体现了出来。

正如东浩纪等人所言，"世界系"侧重的是作品之外的事实，将故事内的虚构和故事外的现实相连接的表现称作"情感的高层故事式诈术"或所谓"后设性"。东浩纪在《动物化的后现代》一书中曾经多次引用李欧塔的"大叙事凋零"一词，那么与之相呼应的则是"元叙事"这一文学手法在动画中的使用。通过自觉或不自觉地揭露文本主体的虚构性，以达成由文本主体向外"倾倒"的效果，这种叙事方式与"世界系""通过非日常的事物揭露日常存在的价值"的主题可称得上相性极佳。

在《凉宫春日的消失》里，京都动画的细腻制作再一次模糊了现实与虚构之间的界限：从赋予在原作里没有出现名字的阿虚同学名字和详细的家庭、身份设定到将环境音中的噪音全部替换为有实际意义的对话，电影如同增加了一个表达的维度，暗示我们文本的非虚构性。若仔细考察电影，将会发现不同于《灼眼的夏娜》这样纯粹的"游戏性现实主义"，电影实际上一直在制造主人公阿虚与作为审美主体的观众之间的距离。不同于其他动画电影，京都动画在制作《凉宫春日的消失》的时候，主动放弃了作为动画的优势，放弃了夸张化的动画技巧和开放的心理视角，通过拉近镜头（路人的目光、长门的脸红）、摇晃镜头（阿虚在走廊上的摇摇晃晃）等手法，让我们确认来自他者的视线的存在性。而作为审美主体的我们在和阿虚一起被"他者的视线"凝视的时候，也在凝视着阿虚。这让我不禁想到福柯在《词与物》中对《宫中侍女》的解读："在表面上，这个场所是简单的，它是一种单纯的交互作用：我们在注视一幅油画，而画家反过来在注视我们。……但是，相互可见性的这一纤细的路线却包含了一整套有关不确定性、交换和躲闪的网络。"当客体塑造主体的时候，自身也被塑造着。

这种"他者的视线"在《凉宫春日的消失》里，更像是一种拉康意义上的"凝视"。拉康说："我只能从某一点去看，但在我的存在中，我被来自四面八方的目光所打量。"而在这里，"四面八方的目光"是来自主体的他者性的凝视。结合具体文本，这种目光或许不只有作为主客体的目光。拉康曾经讲过一个著名的关于沙丁鱼罐头的故事。在他看来，自在和自为的事物并没有意义，重要的是主体向外"审视"的目光遭遇事物时所造成的审视主体的"倒转"以及引起的心理反应。"你到底喜欢哪一边的世界？"当电影里的阿虚发出疑问的时候，很明显这是对电影院里的观众发问，而观众对"他者的凝视"的回应则是期盼着让他喊出"还是想回到那边的世界"。主体与他者进行象征性认同的过程就此完成了，处于中心的他者被主体所认可，主体也借此完成了对自己的认可——观众与阿虚完成了一体化。作为整部电影的高潮，这一幕与后面的情节一起很好地诠释了何谓"来自主体的他者性凝视"以及京都动画解构"世界系"甚至解构"宅文化"的意图。按照武本康弘等人的说法，《凉宫春日的消失》是有关"阿虚的决断和回归的故事"，因此在故事中，阿虚的形象不同于碇真嗣之类找不到意义的"家里蹲"，在本质上更趋近于企图在无意义时代创造全新价值的夜神月。阿虚"决定"的过程实际上就是赋予无意义的生活意义的过程。但令人伤感的是，这种新的价值观并没有被完全建立起来。在故事的最后，京都打破了我们的幻梦。片尾曲前的最后一幕，阿虚打开了 SOS 团活动室的大门，随后就被黑屏笼罩——我们最终没能回到阿虚的那个非日常的世界。他者和主体再一次分离了，我们永远不可能到达那个世界。

最后，让我们抛开那种前面似是而非的精神分析，来谈一谈这部电影对"世界系"作品的一种回归和补完。在"世界系"动画诞生的初期，动画的结局大多是悲剧或者开放性的（如《星之声》《伊里野的天空》）。

自《灼眼的夏娜》之后，随着"世界系"悲剧在现代文化工厂中的不断量产，审美上的悲剧感已经渐渐消解，甚至让人疲劳，而《凉宫春日的消失》则开辟了另一种可能性。《命运石之门》将尚未改变的世界设定为"基准世界线"，其他故事的"可能性"则都是根据这一基准点而发生变动所得的结果。在这样的动画中，我们常常站在女主角的角度理解情节。而《凉宫春日的消失》所讲的恰好是所谓"失败者的故事"。这场由长门没有结果的悲恋所展开的爱情物语恰好是对动画作品中类似身份（如《fate stay night》中的伊莉雅、《月姬》中的弓冢五月）的补完。如果说"故事的平行移动"是日本动画近年来的特征，《凉宫春日的消失》则为我们提供了一条与众不同的观察通道，让我们能从不同的角度审视这一类故事。而这种潜藏在纸面下的、难以察觉的情感督促着作为接受主体的我们进行不断地自我反省以及不断地产生自我焦虑，这大概就是这个"love story"如此动人的原因所在吧。

结语：渐行渐远的"世界系"

这篇文章是由我写于不同时期的三篇文章组合而成的，在行文的风格、分析方法乃至对电影解读的方式上都有所不同。在成文的过程中，出于时间和保存过往痕迹的考虑，没有大量修改。同时，在电影批评这一方面我完全是外行，稍微深入的解读已经让我有"走钢丝"的危险感，遑论更深层次的探究了。我已经渐渐发觉狭小的阅读量限制了我详尽考证各类意象的能力，而对哲学浅薄且似是而非的了解更让我在文本分析上一筹莫展。因此，对于"世界系"动画，我所能做的主要工作就是梳理它的发展脉络，以及进行一定程度的社会分析。

著名的亚文化研究者、评论家东浩纪在看完《你的名字》和《新哥斯拉》后曾表示："看了《新哥斯拉》和《你的名字》的感想，用一句话说就是：'御宅族'的时代结束了啊。第一世代的 GAINAX 系'御宅族'和第二世代的'世界系御宅族'的想象力，同时成为社会派、成为'现充'（指现实生活充实的人），'御宅族'特有的那种絮絮叨叨、无可奈何的部分彻底消失了。"东浩纪似乎将"御宅族"和"现充"进行了对立，将二者看作不相容的生物。若仅以日本为研究视角，这种看法或许有其正确性，但在中国恐怕就不一样了。"宅文化"作为一种亚文化，正在走向"大众化"，因为这种文化所产生的身份认同也逐渐和原来大相径庭。

当然，"宅文化"的内涵也在不断发生变化。从以"'another world is possible'即"另一个世界是可能的"这样的左派情怀为内核的实验性动画到庵野秀明式的虚无主义，再到"世界系"这样"世界不存在"的后现代性作品，御宅族的身份认同也逐渐扩大化：从失去社会属性的自我意识过剩的"动物化"主体到对共享某一文化商品的人群的共同称谓。随着资本主义经济的不断发展，"宅"这个词也由贬义渐渐走向中性，而"世界系"渐渐走向终结也就是理所当然的事情。当被信息社会监狱囚禁的人们能够找到更多、更丰富的媒介和题材制造另外一个"想象中的自己"，进而尽情展示过剩的自我意识，完成对自我的重新虚构之时，"世界系"作为一个连接自我和外部的媒介就已经过时了，"游戏现实主义"自然也不需要了。近年来，日本深夜动画的进一步转向不就是最好的明证吗？

第二辑

回忆：童年的消逝

南方的冬天其实一直比北方的冷。在冬末春初的时节，料峭的春寒悄无声息地到来，继而便是雨季。淅淅沥沥，淋淋漓漓，如同缠人的少女一般紧追着春天的脚步不放。每天出入家门连自行车都不敢骑，就凭着一把伞躲过这潇潇洒洒的冷雨。每天回家，走在渺无人迹的大道上，无聊之余就会想入非非。想到故乡那曲曲折折迷宫似的小巷，想到过去的雨季里学校熙熙攘攘的人群，甚至想到老屋那一到下雨天就开始漏水的厨房。前几天又闻寒流从北方赶来，正好方便我大早上躲在被窝里偷懒。父亲打电话给我说，传闻老家的山上已经开始下雪了，这不禁让从没见过雪的我有些激动。可到最后，我还是重新缩回被子之中，听着雨点打落的声音和老爹的抱怨声，他讲到年底做不完的工作，聊到新建的万达广场，最后聊到那些正准备拆迁的小巷。望着窗外飘飘洒洒的雨点，我仿佛又回到了不过百里却很少回去的老家，回到了过去的童年时代。这样想时，严寒竟有了一种温暖的感觉。

追溯到有自我记忆的开始，我常常产生轻微的幻觉。有的是听觉上的，有的是视觉上的，我从中都没得到什么好处。这种预言式的幻觉在有的人听来是天启或是神谕，在我的身上只能停留在拿起和放下占线电话的同时恰巧听见了什么东西的水平上。就在迷迷糊糊入睡之前，我常常意识到我头脑中的一个毗连部分正在进行某种单边对话，和我的中枢神经显然已经断绝外交关系。比如，我最近常常回到小学时代暑假的最后一天，对着空白的作业本大喊大叫；有时感觉肩头沉沉的，好像背着书包回家的小学生；有时甚至感到一种溺水般的窒息感，想必是我初学游泳时的狼狈模样。

家乡不过百里之外，童年却好像离我很遥远，但又常常感到就在我身边，在风里，在雨里，在梦里。我曾陪着小学老师在家门口转了一圈。他说，这里什么都有，就是没有人的气息。是啊，这儿楼是高高的，但下雨天时，只有雨的独奏而没有瓦的和声，雨敲击在水泥墙和塑料板上，没有一点音律；街是干净的，却缺少了小贩的叫卖，缺少了来来往往的三轮车，更没有了一出家门就能买新的小吃了；城是安静的，可每天清晨，却听不到人力车夫按着铃铛的声音，垃圾清理车轮胎轧过马路带动风呼呼的响声以及"豆花、豆浆、油条、包子、馒头"之类的叫卖声。这最后一种声音，在梦中反反复复地拜访我，以至于早上起床时，我总感到饥肠辘辘。

　　可该过去的终究会过去，逝去的时间也不会再回来了。正如电影《少年时代》所说，不是我们把握时间，而是时间把握我们。人们总是会美化过去的记忆，正因如此，"童年，只有在回忆中才那么完美"。童年的无数次生病让我躺在床上的时间比在幼儿园的时间还要更多一些，却也让我和母亲更亲了。很小的时候，我就表现出对数字的敏感和悟性，但在我简直毫无才能的小学时代完全失去了它。这一项才能在我和扁桃体发炎及高烧的搏斗中发挥了可怕的作用，我时常感到无数的数字在我脑袋里膨胀。我的父亲想要培养出一个天才，于是过早地给我解释了圆周率和指数，这让我脑子里除了不断延伸的阿拉伯数字几乎什么都不剩。大病过后的我养成了漫步的习惯，而这个习惯的形成是与我的路痴密切相关的，毕竟从小到大我只记得从学校回家的路。

　　在这里必须要自我申辩的是，我自认为记忆力不差，只不过对抽象事物的记忆能力远胜于对实际事物的记忆。这一点在我的音乐生涯中得到了证明，我能清楚地记得不同调式并相互转化，能够背下十几页的五线谱，却对钢琴的键位一筹莫展，更是分不清各个音的音高。比音乐生涯更让我不堪回首的是我的绘画生涯，短短几个月时间给我这个绘画白痴造成了持续至今的心理阴影。

　　因此，大概只有散步能让我找到快乐了：在旧街古巷里来来回回穿梭着，不时遇到相识的老人或是同学，用蹩脚的方言应答着；游荡在旧时光中，细数那些古老的名字，如漆巷，桶巷，担水街，打石街；走累了，就搭辆三轮车，却不禁一边回想着母亲常用来吓我的拐卖儿童的案例，一边随时准备着跳车。这样煞风景的场景往往持续到我下车时才消失。每当三轮车师傅一边找钱一边叮嘱我小心点时，总有一种愧疚感从我内心深处油然而生。

可现在三轮车的时代也过去了。小小的镇上挤满了出租车，好像这样才能称得上现代。曾经在雨天，三轮车挂起防雨的帘子，和她一起回家的途中，这窗帘中的世界小得可爱。现在想来才明白校长下雨天不让撑伞的用意，只能遗憾怎么没人发明一种双人雨衣，不用精致只要能遮风挡雨就行。可在人的一生中，又能遇到几次真正的"她"呢？三轮车沿江而走，轻快地掠过华丽的天主教堂，掠过香火不绝的古寺，掠过窗户上满是精致纹路的骑楼，掠过即将拆迁的古街区，掠过一个个准备开售的楼盘，掠过正在翻新的体育场和小学，掠过过去毫无特色现在满是广场舞大妈的中山公园，掠过让人难以遗忘的小镇，掠过我波澜不惊却又独一无二的童年。

太阳渐渐升上了最高处，人生命的日出早已结束，可在日落之前，又面临着怎样正午的黑暗？没有人能把家乡放在鞋底上带走，也没有人能重回过去的小镇。我做不到永远年轻，但当回忆过去的时候，总是不禁热泪盈眶。在一个慵懒的雨天，我望着转动的时针，让童年随着时间渐渐远去。在深思冥想间，整理着那些的童年记忆。渐渐地，童年又重临我的心头。

求神记：各自的朝圣路

一

　　葛剑雄先生说，中国人的信仰总是功利主义的。比起亚伯拉罕诸教对彼岸世界的关怀，中国人好像更关心世俗意义上的成功。也正因如此，中国人的信仰格外复杂，这一特点在闽南人身上格外显著：从家家都有的财神爷、关公到保佑健康的保生大帝，渔民们必拜的妈祖、东海龙王和哪吒三太子，还有各大菩萨、十八罗汉之类，数不胜数。

　　我不研究民俗学，但对这些神明也略知一二。闽南人把求神拜佛称作去"拜拜"。这两个发第四声的拜在我看来有好几重意思，其一是崇拜，其二是膜拜，其三是信服，其四是祈祷。闽南人在这类事情上规则繁多，在我看来不比古代上朝的礼仪要求少。一年从年头拜到年尾，少有停歇。

　　闽南地区闻名的古寺不少，尤以南普陀寺和三平寺为最。其中，南普陀寺地处厦门，又是旅游景点，因此香火很旺。再加上不设门票，以至于空气污染问题日益严重。幸好前几年已经规定不能带着香进殿去，得统一插在外面的香炉中，才算缓解了这一问题。看着殿外的佛像前一尊尊烟雾缭绕的香炉暴晒在阳光下，竟有一种"日照香炉生紫烟"的诗情画意。

小时候，我每去厦门，都要去南普陀寺拜拜。我父母都是农村出生，对拜佛这种事情自然也较为重视。当然，他们对此的态度大体上还是"平时不烧香，临时抱佛脚"的实用主义态度，因此对那些繁杂甚至奇特的礼仪习俗并不熟谙，拜佛的心态也大体上是实用主义的。不过受到农村家风影响，对各类神明多少还有些敬畏之心。所以，无论内心实际上有什么看法，在各类神像前多少有些"克己复礼"。我从小便有些叛逆，不怎么守规矩，幸好我母亲从未像有些人一样，在拜佛前几餐不让我吃肉——就算是现在，这种行为在我心中仍显得有些伪善。

父母认识一些做佛法的师父和跳大神的神婆。他们在父母手机通讯录的备注也各有特色，其中有一位据说十分灵验的被备注为"何仙姑"，也不知道她剩下的七位小伙伴又在哪里。我第一次接触的此类宗教人士便是她。约莫是在小学四年级的时候，大概是因为父母职场不顺，我身体状况也不好，母亲便约了这位"何仙姑"见一面，帮我们算算未来的运势。我们一家人郑重地吃了一盘水果就上路了，开车出城后走的尽是崎岖不平的乡间小路，拐得我晕头转向，最后停在一栋平凡无奇的、贴着马赛克砖的小楼外面。下车一看，小楼外早已排起了长队。母亲一边抱怨我睡懒觉，一边上前去疏通关系，但我们还是花了不少时间等候。那时手机网络还处于 2G 时代，一条新闻刷好久才能出来。在这样百无聊赖的时光里，我不禁在脑中自动播放起了音乐课上刚学的《国际歌》的旋律："从没有什么救世主，也没有什么神仙皇帝。"幸亏我没有真的唱出来，否则又会引母亲不高兴。

到我进去时，母亲一如既往地嘱咐我要记得脱鞋，不要踩在门槛上，态度要端正等一系列烦琐细节，而当我一跨进那扇不起眼的铁门时，感到的却是飕飕寒意。一进门，首先映入眼帘的便是一尊菩萨像，周围则被各类布帘装饰得一片红。说实在话，这种色调总让我不禁在心中暗唱《国际歌》。两边通往二楼的楼梯隐约可见，仿佛被烟雾包围着。进去后，那位"何仙姑"要了我的姓名和生辰年月，便算了起来。算的结果我现在早已忘记，只模模糊糊地记得她说我的生日是一年之正中，又说了一堆什么明年必将时来运转，未来高中状元之类的话。父亲母亲十分开心，整个房间里顿时充满快活的气氛。

"何仙姑"又帮父母算了算，我只记得他们的卦运好像不算好，这使他们有些紧张。随后仪式就到了下一个环节：这位"何仙姑"举着各种经文，口中念念有词，围绕着我们扭动身体做出各种奇怪的动作。据说她正与菩萨进行灵魂交流，我一直不太明白这个原理。现在回想起来这一仪式颇有些萨满色彩，但一个以道教人物为号的神婆用着萨满教的仪式祈求佛教的菩萨，这大概也算颇有中国特色的宗教融合了吧。

　　跳完大神后，她要我吃新祭拜过的长寿面。面味道甜甜的，口感还不错。最后，我手中紧攥着"何仙姑"画的一道护身符，在菩萨面前拜拜。闭上双眼，我照例说了一些母亲教过的话，并在最后用闽南语附上我的家庭住址和学校班级。睁眼之前我又默念，希望新的一年里能够长高一点。虽然我不太清楚菩萨帮不了我的忙，但那时似乎觉得在这个房间里，心中所想、手上所做都能被看到听到。说到底，我觉得与"万事如意"这种空话相比，具体的愿望不易让菩萨为难。

　　走之前，"何仙姑"大大夸赞了我的"悟性"，说我和菩萨是"有缘人"，又给我画了一张符。我担忧她真的知道我在菩萨前暗唱《国际歌》的事，因此神情有些慌乱，却又带着一种憋不住的笑。紧握着两张护身符，我回味着长寿面的口感，不禁暗自思忖：又是悟性又是缘分的，听起来甚是玄妙。

　　那两张护身符最后塞在裤子口袋里，被滚筒洗衣机撕得四分五裂，母亲为此心疼了好久。但也正因如此，即使在未来一年中我长高了七八厘米，我也不太能确定这是不是菩萨的功劳。

二

大部分时候，我们家拜拜还是去海门岛上的太和宫。母亲出生在这里，小时候许了不少愿。按照她的说法，大多数愿望都实现了。去许了愿自然要还愿，母亲便总带着家里人往那跑。次数多了，那些个天王龙王凶神恶煞的面孔也慢慢熟悉了。每次我看到庙里的哪吒和二郎神塑像时，总会纳闷为什么没有孙悟空，毕竟这庙里的神仙除了如来佛好像都不是他的对手。而每次去拜拜的时候，总会看到村里的孩子们在狭小的庙里上蹿下跳，嬉戏打闹，好像在重演大闹天宫，但最后总不免以大人的一顿训斥作为结束。每当看到他们，我都不禁感到自己十分懂事。

小升初的时候，母亲带我去庙里求个好运，希望我能考上厦大附中。出门的时候，我被门槛绊了一跤，膝盖磕到地上，痛得我直叫。母亲看到我摔伤了，顿时慌乱起来，眼泪直流。其实我的伤并无大碍，但母亲格外惊慌。她早已从村中老人们口中听说，过门槛时摔倒是大凶之兆。在打了几通电话后，我们直奔浮宫云盖寺。云盖寺有千年历史，南宋灭亡时，少帝南逃曾于此处避

难，晚上睡在寺庙右侧的石室里。母亲似乎也搞不太懂
这些佛教神祇之间的关系，带着我从供奉释迦牟尼佛的
中央大殿开始拜起，又拜了大悲殿和西方三圣殿。拜完
以后，母亲紧张不安地和住持交谈着，而我一边望着还
未盛开的荷花念叨着"小荷才露尖尖角，早有蜻蜓立上
头"，一边在池壁上走来走去，好像恨不得再摔一次。
没办法，我从小到大就是"无君无父"，虽然聪明得不
去干那些有风险的事，但对那些神神鬼鬼的警告也不太
信。母亲看到了，连忙把我拉下来训斥一顿。我心中竟
也产生了一点不安。

后来我们又去了海澄孔庙参拜，由于临近高考，庙
里人山人海。我们进行完例行的参拜后便如逃亡般离开
那里，只来得及买一支孔庙祈福的笔，母亲坚持要我一
定要在考试时用它，我却觉得写起来并不顺手，有些不
习惯。

第二天我便上了考场，考试大体上还算顺利，一切
基本在意料之中。但在考数学时，自己平时写顺手的笔
竟然没水了；换一支笔，出水也是断断续续。我一支一
支试过去，竟只有在孔庙买的那支出水还算流畅。换了
笔之后，竟有一种"下笔如有神"的感觉，提前十多分
钟做完了试卷。后来查成绩时，比我们预估的都要好不
少。母亲比我还兴奋，嚷着要带我回去还愿，我则想起
了磨破的膝盖，想起来摔过的跤，觉得恍恍惚惚的，也

不知这到底和我的生活有没有联系。作为一个唯物主义者，我还是不太希望有的。

三

上了中学后，我搬到学校附近的小区，但更多的时候还是寄宿在学校里，自然也就和各种寺庙疏远了。中考前一周，母亲带我回龙海宛南寺祈求考试顺利，我们在那里待了大半个早上，母亲照着指示念经烧香，我除了机械般地跟着她团团转之外，只得无聊地在光明榜上找着熟悉之人的名字。光明榜上写着今年参加各类考试的学生的名字，我在上面找到了几位多年不见的小学同学之名，顿时有些亲切，但仔细回忆他们的相貌，却已模糊不清。随着目光的移动，又看到一位已被保送清华的高三学长的名字，心中不禁有些复杂。

当天恰逢九天玄女的寿辰，庙里做了好多豆沙馅饼发放。点完光明灯后本就准备回家，但庙里的中年妇女们开心地将我们叫住，并将馅饼塞进我的怀里。我道了谢收好，一位老太太又抓来一把："你要不要多吃几个？考试时运势会变好的！"我连忙谢绝。走出庙门，我盯着这个馅饼，里面似乎蕴藏着什么改变人生的魔力。我问了问母亲，她沉思了片刻，觉得并无大碍，于是我拆开了包装，一口将其咬成两半。里面放的豆沙馅有些塞牙，但其实还挺好吃的。可惜的是，这块馅饼并没有给我带来好运，中考我不幸地考出三年来最坏的成绩。

说来惭愧，虽然拜了这么多神和菩萨，但其生日我却一个都不知道。我母亲却对此十分熟悉，每到初一、十五，她便忙碌起来。家里的佛龛日日放着供品，香火不绝；而每当我离家之时，她总要我拜拜那位至今不知道名字的菩萨，以保出入平安。每到祭祀时节，她总拿着个桶在楼道里烧经文，我只得一边捏着鼻子屏住呼吸，一边踢开偶尔掉出来的经文纸张，侧着身子小心翼翼地从一片烟熏火燎中穿过。那身经百战的炉子平日摆在储藏室里，半个身子都乌漆墨黑，但散发着金属光泽的另一半仿佛在提醒我们它年轻时的样子。我不禁感慨生老病死不过是正常的自然规律，就连被拖出来烧经的炉子，不也变得越来越老？

我有好几块玉饰，都是弥勒佛或者观音的像。然而，只有在洗澡或者运动时，我才会意识到观音正躺在我胸前。就这样挂了好几年，却也没有什么特别的感觉。有一次月考前的周末，我洗完澡准备睡觉。在戴玉佩时，忍不住好奇地与观音菩萨对视了几眼。我突然想到，与本愿为大悲的观音菩萨相比，还是以大智慧为本愿的文殊菩萨更适合我。这样说来，我考试成绩总不理想大概是因为挂错了菩萨吧。唉！其实想来也不过是给自己找借口罢了。

尽管拜过许多庙，胸前还挂着观音，我也并没有考试如有神助，生活顺风顺水。大约是现在变得过于懒惰，对什么事情都三心二意，自然谁也没有那份心思来保佑我。

四

我一直对基督教的神学理论有些兴趣，也认真地读过十字军东征的历史，只是我天性愚钝，实在读不下经院哲学。锦江旁边有一座天主教堂，周围建筑风格多样，既有南洋风格的牌楼，又有巴洛克式的西方建筑，因此教堂显得有些不起眼。但当我走近它时，心中竟泛起一股莫名的紧张感。因为无论在动画还是小说里，教会里一般都不是什么好人待的地方，说不定一进去就会遇到白化病杀手或是精通八极拳的神父。就算现在，我也对某些非法教会传教的手段有所耳闻。当然，进去之后才知道一切都是我想多了。信徒虽然称不上人人都是慈眉善目，却也没有人拿我这个不祈祷不礼拜的人如何，一个看上去是志愿者的大学生还送给我一本基督教宣传手册。我远远地站着，视线越过虔诚祈祷的信徒，直至圣母像。有多少人知道因为这幅画像而爆发的战争中，圣像破坏派和正统教徒们流了多少鲜血？信仰的力量真是让人又惊又怕。

那个教堂除了祈祷用外还卖一些基督教的小礼品。我买过一本 20 世纪 80 年代出版的圣经和一座拉斐尔的雕像。拉斐尔是流浪者与旅行者的守护天使，司掌神之药的他治疗凡人的伤病，也被称作学术天使。比起给索多玛和蛾摩拉降下毁灭之雨的加百列和号称绝对正义的米迦勒，我更喜欢这个慈爱的天使。

五

我这个人向来不够稳重，常常大惊小怪，容易被外部事物影响，心中的想法也常常改变。我有时在心底琢磨"何仙姑"对我说的"缘分"，但想到中考成绩，就有种上当受骗的感觉。当然，我也时不时想起小升初考试时的那支笔。但仔细想想这十几年，发现大体上我的命运还是掌握在我自己手中的。这种解释并不能让我完全满意，但又有谁能完美解释信仰这东西呢？但丁曾说："信仰是去相信我们所从未看见的，而这种信仰的回报，是看见我们相信的。"大概正如罗斯福所说："唯一让我们恐惧的只有恐惧本身。"或许，一切信仰的对象其实都是因恐惧而渐渐演化形成的一种心理寄托罢了，什么也没有。然而我却期望着实实在在的东西，如用自己的努力换来的回报。比起在惊恐中等待着虚无缥缈的未来，我倒更愿意将现在的希望寄托在自己身上。

在无数个日夜人山人海熙熙攘攘的庙宇里，形形色色三教九流的人向各不相同的神像下跪。他们的身份地位或许各不相同，但在下跪之时是平等的。人们大概习惯了抓住可以信的就信，像抓住一根救命稻草。在那一刻他们心中无比虔诚，但这种虔诚又带有几分真正的信仰呢？

托马斯阿奎那曾说："我们所爱之物昭示着我们究竟是谁。"我不理解证明上帝存在的五种方法，而在信仰面前，我必须坦承我对这一切的无知，不可言说的怀疑在我心中游荡。我不能回答"我是谁""我从哪里来"，但我还是自以为知道"我要到哪里去"。传说圣彼得在被捕之前曾问自己："主啊，你往何处去？"人人都有各自不同的朝圣路，但我独爱我自己的这一条。

书事与人事：琐事杂写

一

暑假已过，已经步入高三生活的我用于课外阅读的时间日益短暂。尽管每天在题海里挣扎十余个小时之后，还能走马观花地读一点书。一想到随着学习任务的加重和个人精力的有限，要告别课外阅读达一年之久，总有些不舍。久矣，也总结一下自己从小学到现在的一些读书经历。涉嫌同学网友，不显真名，以网名或化名代替。当事之人，彼此心知肚明；又物是人非，所载之事必然真伪参半，误记、漏记在所难免，诸君见笑。

二

从小到大，在旁人眼中我一直算是"博览群书"，从同学、老师到家长，大多如此评价我。由于从小长期寄住在他人家，没有别的兴趣和娱乐方式，只有读书。当时，我最喜欢的是郑渊洁的童话和杨红樱的校园文学小说，每天中午睡不着觉时，就躲在被窝里偷偷看书，一听到脚步声，就把书藏到枕头下，然后装睡。虽然不免被发现并被训斥一顿，但久而久之也就无人管我了。现在在老家的书柜里，还排列着一整排《淘气包马小跳》《皮皮鲁总动员系列》。尽管现在看来，对于二人的一些或偏激或幼稚观点，我都有不同的看法。但我依旧感谢他们，是他们构成了我快乐童年最为精彩的部分。

而带我渐渐进入高端阅读领域的是临风书屋的名著文库本。在当时的书店里，排在第一排的大多是《知音漫客》《爆笑笑园》等漫画，或者《斗破苍穹》等网络小说，并没有多少"严肃"书籍。老实说，作为一个"宅文化"的爱好者，我对这些亚文化产物并不反感，但是如果这样的作品能够长期霸占市场，那必然是这个市场或者说这个社会出了点问题。

进入书店大门往右拐，便是卖文学作品的区域。里面的书目也是鱼龙混杂，言情、官场、推理都有。其中，在墙角堆着一列6元钱一本的三秦出版社的青少版世界名著。装潢尚可且价格实惠，因此很快就吸引了我的注意力。尽管有所删节，但由于选的原作大多是名家名译，质量也有所保证，因此阅读起来的畅快感并不差。我最喜欢的是李玉民先生译的《基督山伯爵》和郑克鲁先生译的《悲惨世界》。在出版的时候，出版社进行了若干改动，删去了一些对故事完整性影响不大的情节，例如对巴黎下水道和修道院繁杂的描写，或者G伯爵夫人这样的次要人物，都在青少版中失去了踪迹。而有时，这种删节却又过于粗糙，只是大段大段地删去某些章节和段落，而没有注意到前后章节的逻辑性和关联性。例如，在《基督山伯爵》中删去了 G 伯爵夫人这种有趣并作为引导主角出场的人物，在《哈克贝利·费恩历险记》中删去了一些有趣的支线情节。当然，我遇到的最影响阅读的删节还是在《死魂灵》上。为了压缩成本，原作的第一卷被删得支离破碎，第二卷更是被直接删去，可是在不知从哪个地方摘来的序言中却还有对第二卷内容的剧透和解析，因此当我的目光停留在"啊，俄罗斯，这辆马车向远方驶去……"这一结局时，总有一种好奇心没有得到满足的不爽之情，乞乞科夫又去了哪里？他能够顺利地活下去吗？这种情感一直延续到高中时读过完整版的《死魂灵》之后更加剧烈。因为我发现果戈理根本没有留下真正的结局，真正的结局早就在他的壁炉里被烧成了灰烬。唉，这种感受真是一言难尽！

总而言之，尽管在长大后我日愈反对甚至厌恶"青少版"这一出版形式，但我无法否认的是，这一类图书对我的成长、对我的人格的塑造都起到了不小的作用。但我的感谢更多对于原作者们，而不是对于这套书。19世纪的经典小说往往规模宏大，小说家们的目的和野心往往不在于叙述故事本身，而在于建构，或者说是再现一整个世界。因此，那些大段大段的在小学生们看来烦琐的细部描写，才是构成文学世界主体的基本要素。或许，删掉这些细节能够吸引孩子们的阅读兴趣，但这种对文本本身的破坏是否合理我们还不能肯定。换句话说，这本书的出版编辑是否具有足够的文学素养，还是有待讨论甚至值得怀疑。回过头来，继续考察我的阅读史，发现这段经历的前半部分（小学时光）与人类的思想文明史竟有一种奇妙的相似。在与整日苦口婆心劝说我多务正业少看闲书的父母的斗智斗勇中间，我缓慢、坚定而略带波折地前进着。闲书的范围从与教科书无关的全部书籍，到校园文学和经典小说，一步步地慢慢缩小。直到我最终慢慢向他们证明，这世界上本无闲书可言，只不过考试多了，便有了闲书。多年前，在期末考试前几天我从衣柜中翻出母亲偷藏的"闲"书的那份喜悦，至今仍铭刻在我的心中，这种超越外在身体知觉的快感，大概就是所谓阅读之实吧。

在耗费了不少精力准备小升初考试后，我如愿进入了厦大附中，当时的附中刚刚建校没几年，名气远没有现在这么大，但让我无比向往。因为除了号称实施素质教育的实验班之外，厦大附中还有豪华的图书馆。我的小学数学老师在参观过校图书馆之后，一再鼓励我报附中。就像马尔罗所说，真正热爱生活的，都在营建图书馆。图书馆是一个学校灵魂的体现，也是人文精神和学习氛围的具象化。附中的图书馆虽然在藏书量上无法与

一些大学和其他大城市的学校相比，但在我们这个小地
方，已是难能可贵。

而在附中，我遇到了我见过的最尽责的语文老师老
邬。作为我的班主任兼语文老师，她把自己"卖"给了
学校，付出了常人难以想象的精力，她严格要求和帮
助、鼓励着班级的同学。尽管在我看来，这种过分的关
切未必是好事，但在离开了实验班后，她对我的关怀我
依然铭记着。

她常常给我们推荐书籍，并要求我们写读后感，一
开始还不胜其烦，但渐渐地，也就习惯了这样的方式，
习惯了写作这件事。前几日，我在整理早期文稿的时
候，发觉字实在不忍卒读，不免怀疑当时老师是怎么看
下去的。不过，翻阅其内容，除了幼稚之外，尚有可观
之处，现在看来甚至别有一番风味，让人不禁感叹已经
回不到从前了。

三

我上网的时间很早，因此，在那个网络购物尚不发
达的时候，我已经习惯用亚马逊买书。在网上买书有个
好处，就是通过回溯订单，你可以精确地知道自己买到
某本书的具体时间。小学毕业后，就像为了报复过去
那段应试的时光一般，我上网开始找书看。在学校参加
语文竞赛的时候，我买了一本名为《小学语文知识大

全》的辅导书，给我增添了不少知识。于是，我就照着上面提到的书名和作者，一个一个找着读。当时我已对历史，尤其是近代史感兴趣，便先买了埃德加·斯诺的《西行漫记》，后又顺着亚马逊的推荐，继续买了史沫特莱的《伟大的道路》，索尔兹伯里的《长征——前所未闻的故事》等书籍。这其中最让我对自己品位感到自豪的一本书是大卫·哈伯斯塔姆的《最寒冷的冬天——美国人眼中的朝鲜战争》。在不久前的课上，我的班主任兼挚友老刘多次提到并夸奖了这本最近他刚刚读过的书，我却暗自开心，因为这本书我早在五年前就读完。

　　人的精力总是有限的，而要读的书是无限的。怎样用有限的精力读有质量的书，是我们最应当思考的。在不知道读哪些书时，读一些知名作家的随笔是一个不错的方法，就像张佳玮说的，"想找好书来读，又不想被书商媒体所骗，有个偷懒的法子，确认一个最中意的作者，跑去翻他的随笔，看他都谈论谁，崇敬谁，那就顺藤摸瓜，找那些人的作品来读，一抓一个准。好的作者就像窗口，通向无数其他的好作者。"当然，文人相轻，这些伟大的艺术家们彼此之间不免互相攻讦，就像纳博科夫瞧不起托马斯曼，海明威和福克纳互相看不顺眼一样。这时候，我所能做的就是欣赏他们互相攻击时那华丽的言辞、奇妙的比喻以及默默地记下书名，一本一本地上网查找。

　　后来开始玩豆瓣和贴吧，也认识了一些要好的朋友（参见我的另一篇文章《网事的碎片》），每天胡侃海聊，总能得到一些未曾听过的书名，一些闻所未闻的新知识。当时我们互相打趣说，"群里除了我个个都是人才，在这里听你们聊天等于多读了一个本科学位"，有的人可能认为这样的聊天空洞、轻浮而不着边际，但对于年龄尚小的我来说，与成年人的互动确实让我成长了许多，对书本、阅读这些事情也有了更多的个人见解。

而更重要的是书的印刷质量和版本。一开始，我对于版本基本上没什么概念，但好在当时已经用了豆瓣，多少关注豆瓣评分，评论区里一些对翻译、版本的吐槽也给了我不少的帮助。一开始我买的主要还是当代作家的作品，版本相对较少；到后来，我慢慢回溯阅读，开始着眼于更早期的作品。众所周知，由于商业化的原因，一些出版社总喜欢拿一些质量不高的版本炒冷饭，你常常无法分辨哪个版本比较好，因此最简便也是最懒的方法就是看出版社和翻译。例如，一些比较出名的老译者，如傅雷、汝龙、傅惟慈、董乐山，或者上海译文出版社，广西师大出版社、社会科学文献出版社、中华书局等；而在学术书籍方面，北京大学出版社基本可以视作免检产品。当然，这些认识有些来自前人的总结，有些来自自身的经验。一开始买书总是不免重蹈青少版覆辙，买到内容或改编或残缺的书籍，如上海人民出版社世纪人文大系推出的汤因比作品《历史研究》，在宣传的时候并未说明出版的是后来改写的三卷本，而让人误认为原版的十二卷本，在价格的诱惑下买了这个内容、翻译都不出色的版本，相比之下后来刘北成的译本，无论设计、翻译，还是性价比都更为用心，自然更是后悔不已。从那以后，即使对著名出版社的书籍，我也多留了点心。

四

无论如何，书总和钱脱离不了关系。正所谓钱不是万能的（有钱你也可能买不到某些绝版书），但没有钱是万万不能的。提到买书，总不能绕过各种凑单。当时我已经开始用豆瓣，也加入了"买书如山倒，读书如抽丝"小组。小组里常常有各大电商平台的优惠信息，其中最多的往往是当当和京东的。但在多次尝试之后，我还是选择了亚马逊。比起当当和京东，亚马逊的优惠力度看似更低，但由于其图书的原价往往较低、打折的时间较多以及最为重要的优秀的售后服务态度得到了我从始至终的支持。如果有心注意，就会发现，每年国际读书日、双十一、京东当当店庆的前几天，原本购物车里的书价就会开始上涨，有些时候甚至超过实体书店的书架，这种把读者当猴子耍的商业策略实在令我反感。而以二手书为主的淘宝网盗版太多，孔夫子网价格过高，还有运费。因此，无论从经济角度还是消费体验上看，最佳选择也就只有亚马逊了。

与其他电商平台相比，在 2018 年以前的亚马逊各种优惠活动中，会员并没有特权，"满减 120 再返 60 元券""少儿图书满 200 减 100""中文图书全场满 99 赠畅销书"这样的活动，无论会员还是普通用户都能参与。而亚马逊的图书质量大多较高，在支持货到付款的同时，可以在收货当天拆开包裹检验，而就算在收货后才发现印刷错误，也能享受无偿退货的服务。或许这多少有给亚马逊打广告的嫌疑，但作为多年老客户和 prime 会员，亚马逊的的确确对我的阅读有了不小的帮助。

当然，在亚马逊上买书，凑单必不可少。活动期间的优惠有两种，一种是按比例的折扣优惠，另一种是"满 300 减 120"的这样的按金额优惠。为了达到最优方案，我总是不得不在优惠图书中寻找自己真正想要的。这个过程不可避免地花费了我不少时间，但也让我对书的版本有了更多的认识，也有了在网上买书的经验。例如，对于一些有畅销潜力的书，没有必要在尚未被炒热的时候购买。当我以七五折的折扣买下彼得·弗兰克潘的《丝绸之路》时，看重的是其牛津大学拜占庭研究中心主任的身份，但在阅读后我有些后悔，在我看来，这本书并未达到想象中的学术水平，其研究路数也与我所理解的大相径庭。更让我没想到的是此书后来的大火，人民日报在 19 天之内竟然连续两次发文推荐此书，全国各地的公务员们竞相购买，供求市场也渐渐向买方市场移动，各大电商纷纷将此书列入"满减"名单。过早购买的我"浪费"了好几十人民币，也只能自认倒霉，恨自己没有紧跟政治风向。

而之后我又在罗新的《从大都到上都》、格林的《恋情的终结》等书上吃了类似的亏，这让我不得不开始反思。对于某些营销能力较强的出版社，如读客、汗青堂的出版物，没有必要过早地购买；而对于一些冷门的、少人购买的书籍，可以放置到年末清仓大打折的时候购买；商务印书馆这样的学术性出版社所出版的图书大多不是为了盈利，因此在电商上的折扣并不高，可以趁着满减的时候购买。遵循这样与股票交易颇为相似的思路，我以很低的价格买到了于太山的《古族新考》《两汉魏晋南北朝正史西域传研究》，余嘉锡的《目录学发微》，文史哲出版社的《门阀、庄园与政治》等书，也算弥补了损失，而其中最为得意的是趁着清仓的时候以59 元拿下格林的三本小说，算是逃过了宰割。

后来，亚马逊大力宣传 prime 会员，给了 prime会员不少优惠图书专场，对于部分图书，会员还可以在降价的基础上继续打折。我算了算能省下不少钱，便趁着优惠购买了一年的会员。在成为会员后我才发现，比起书籍打折，更为重要的是 kindle 商店的会员免费借阅功能。通过这一免费借阅功能，可以找到不少我想读却又不想购买的小说，也算无心插柳柳成荫。

五

读书的人多了，与书相关的人和事也就多了起来。书如桥梁一般，连接起来自五湖四海的人。

我和小雨在初三时成了同桌。当时，我已经是班级里有名的"图书进货商"，除了帮助同学买书之外，更多地体现在我的书一到货，还没来得及开始阅读，就被他人借走了，常常途中转手了三四次才回到我的手中。而到我手中时，往往有的书封丢失，有的页面褶皱，但是最让我心疼的还是书腰的受损。其中甚至有一些书消失不见。而最让我印象深刻的是米兰·昆德拉的那本《被背叛的遗嘱》，直到我离开实验班后都没能找回来。我母亲常常担心我会丢东西，在帮我打印资料的时候常常打印许多份，以至于产生了大量废纸堆积在家中。但在买书上，就不可能这么阔绰了。

小雨当时沉迷于流行小说，尤其是江南的《龙族》。恰巧当时我也喜欢看轻小说，因此熟谙这类中国奇幻小说的套路，对于《龙族》这本借鉴了不少日本 ACG 作品情节和设定堆砌而成的作品自然也称不上有好感。但在他的不断恳求下，我还是有些无奈地帮他买下了当时刚刚出版的《龙族4·奥丁之渊》。

本着一种"支持原创"的心态，我期望着对他进行"传教"。当时我刚刚接触型月作品不久，正是最"狂热"、最有"传教"动力的时期，便趁机积极向他推荐《Fate Zero》《空之境界》等小说，效果竟然还不错。有一次，他发现了《Fate》系列中库丘林的宝具"刺穿死棘之枪"在《龙族》中也有出现，便问起缘由来。我告诉他那是出自凯尔特神话的典故，他颇为在意，要我去帮忙打听相关的书籍。我觉得有些麻烦，但还是上网找了找，发现有库丘林出现的《夺牛记》已经绝版，在孔夫子网上卖到280元一本，这件事便暂时搁置了下来。

后来，他开始带着我玩，一款以"打僵尸"为主题的手机射击游戏。和现在的一些手游一样，不可避免地牵扯到ACG、神话等元素。这款游戏里的武器常常以北欧神话中的角色和故事命名，如"提尔的断腕""芬里尔的獠牙""奥丁之枪""维达的复仇""奥拉尼德斯的臂膀等。于是，他又开始对北欧神话感兴趣，要我帮他买《埃达》。这回我可没有理由推脱，只能帮他买了回来，厚厚的两本如同砖头一样。作为一个读书全因兴趣使然的人，小雨的读书方式和品位常常让我感到自愧不如，当然更让我感到嫉妒的是他的读书时间。在我还在和作业搏斗的时候，早早写完作业（当然有的时候根本懒得写）的他大摇大摆地在晚自习上拿出一本王尔德的诗集，或者我刚买的小说开始阅读，这种不折不扣的学霸行为实在太拉仇恨了。在这样的刺激下，为了获得更多的阅读以及夺回我书本的所有权，我不得不认真学习课内知识，提高学习效率，课内成绩竟然有所提高，也算无心插柳柳成荫。

后来，我读的书越来越多，手头上的书已经满足不了我的要求，又没有那么多钱去买纸质书，再加上学校不允许带手机，可以选择的也就只有 Kindle。我父亲倒是很理解我，一出手就帮我买了个 Kindle Oasis，虽然性价比不高，但是性能足够好。用 Kindle 读书的优点很多，便于携带，节省空间和人民币，不伤眼睛，更重要的是便于阅读时查询和做摘抄；唯一的缺点就是虚拟键盘实在太小，打字做批注的时候非常麻烦。所以，每当我想要写些什么的时候，就把里面摘录的文段导入电脑中，再在电脑上打上批注。但是，批注的文字量多了，不方便整理。恰巧老刘在班上宣传他的有道云读书笔记，我便下载了，用了几天感觉并没有传说中的那么神奇，虽然比 Windows 好用一些，但还是有些麻烦。后来，又用了印象笔记等几款软件，感觉都不太满意，于是干脆直接写笔记本上好了。之后玩微博的时候关注了北大的辛德勇教授，看他的微博动态俨然把微博玩成了读书笔记，不得不感慨与其说是软件问题，不如说是自己心不专。

　　写在笔记本上也有一个缺点，就是不太容易查阅；有朋友建议我写在书上，我一开始不太忍心，但一想到过去整理笔记的麻烦，还是狠下心来，但最终决定只用铅笔写，以免涂改破坏书页。

　　在用了一段时间 Kindle 之后，同样发现了一些问题。如果是小说或者比较通俗的读物，用 Kindle 阅读确实很方便；但如果是读严肃的、文本难度较大的作品，还是纸质书看着舒服。用 kindle 读书的最大弊端在于无法感受阅读的页数，同样是读 50 页书，以 6 毫米和 10% 的形式展现出来，给人的感受自然不同。弹琴的时候老师常常告诉我们"手指记忆"这一说法，当你熟谙一段旋律之后，不是你的大脑驱动身体继续演奏，而是你的手指带着你的身体运动；读书大概也是如此，当你翻开某本书时，看到书名，阅读时的记忆会在大脑中泛起，当你翻开书页的时候，那些精彩的段落，那些你或赞同或反对的观点，甚至你上次阅读时的天气和心情，都会顺着页边角流露出来，如同与旧友重逢一般，让人喜悦。而用 Kindle 阅读时，虽然或许记录省了点时间，但随着时间的流逝，当你回忆起某本书的时候，脑中划过的可能只有拉动进度条时手划过屏幕的触感了。

　　当时我和甲鱼、Lily 等人做舍友，小雨常来串门，找我下象棋或者借书看。甲鱼当年常常在宿舍看动漫，我和他同床，有时也一起看。他看的动漫有不少来自轻小说改编，我觉得很有意思，便想去读读原作。由于不想浪费钱在这种消遣读物上（很多轻小说大陆没有出版，台版很贵），于是只好上网下载汉化组汉化的版本。结果这类书籍大多是 TXT 格式，在 Kindle 里面乱码很多，更为重要的是丧失了轻小说的灵魂——插画。当然，其实不少轻小说并没有这么糟糕，在我看来，甚至比一些不讲人话的"正统文学"要强，但它作为针对某一亚文化群体的目标性文学，尽管有其存在的价值，却无法与主流文学比较。后来我知道了邵燕君老师开创的北大网络文学课堂和网络文学研究，在读过她写的一些文章之后，对网络文学这一新兴的文学载体也没有原先那么大的抵触和不屑，虽然我至今认为这类文学的真正价值在于文本之外的社会研究上。

Lily 是什么类型的书只要有趣就读的例子。无论是悬疑类的丹布朗的《达·芬奇密码》《骗局》，还是青春恋爱类的《秒速五厘米》，再或是卡尔维诺《树上的男爵》这样的现代小说，他都读得津津有味。后来，他似乎喜欢上了加缪，开始读《局外人》和《西西弗神话》，甚至来找我问过问题。我生性愚笨，对于这种太过形而上的讨论一向不太敢回答，但幸好他问的大多是名词解释这一类简单的问题，我还能勉强解答，不过也有答不出来的。有一次在自习课上，他问我诺斯替主义的概念，说来有些丢人，我第一次接触到这个名词还是从动画《EVA》上来的，对这个名词自然也没有多大了解，只能凭着印象毫无学术精神地乱说一通，而 Lily 显然也没有听懂，全程表情毫无变化，一双黑色的大眼睛直直地盯着我，让我不禁十分尴尬。从此以后，我就再也不敢不懂装懂，好为人师了。

小雨一听到我买了 Kindle，便抢着要看。对于小雨的要求，我一向没有拒绝的能力，于是当我从他那里拿回 Kindle 的时候，里面已经多了金庸的全套小说和王尔德的作品集。从此，我的 Kindle 就进入了"公用"状态。但我当时并没有想到这会给我带来不小的麻烦。

某个星期天，我在家中读书，突然收到小雨发来的手机短信。他告诉我，他前天晚上把 Kindle 放在开水间里充电，今天早上起来回收的时候已经不见了。我以前也在开水间丢过 MP3 和台灯，已经被人赋予了"开水间杀手"的戏称，这次又丢了一个 Kindle，更是如同怒火中烧，因此打了电话过去对着小雨发了几句脾气。小雨也无话可说，只能安慰我："我相信这么贵的东西没人敢偷的。"

在已经陷入不利的情况时，我们总会把每件事情都往好的方面想。尽管我在开水间贴了口气严厉的告示，尽管德育处主任在晨会上发出通告，但终究没有人还回 Kindle。这让我对人性的认识又向前推进了一些。柯南说，福尔摩斯迷不是坏人。我以前也天真地认为喜欢看书的人不是坏人，现在想来真是蠢得不行，对什么东西都不上心，这大概就是我的天性吧。

小雨对于弄丢了 Kindle 一事常常感到自责，并多次要求赔偿我 个新的。我一直没有答应，但最终当他父母送还一个 Kindle 给我的时候，我还是接受了。但那些留在原有 Kindle 里的摘录和笔记，却再也找不回来了。

六

尽管身边不缺爱读书的好友，但想要找到志趣相同的朋友还很难。在网络中，人类又一次被分解为一个又一个部落，他们直接的联系不再是血缘或是身份，而更多的是一种不同于传统民族国家理念的文化共识。现代学者把通过这些共识组建起来的社群称之为趣缘社群。在生活中和网络上寻找书友的过程，实际上就是加入一个趣缘社群的过程。

当时正是电视剧《权力的游戏》热播的时候，已经进入了乔治·马丁奇幻世界的我迫不及待地从网上下载了全套《冰与火之歌》的小说。在读了小说之后我才发现，小说的故事比起电视剧来说要精彩、合理多了，再加上这种庞大的世界观和宏伟的具有历史感的故事背景很符合我的口味，让我不免深陷其中。在我的带动下，我周围的同学也开始读这一系列的小说。

但是可惜的是，周围的同学在阅读的时候大多只注重情节，很多人还因为太过复杂的人物而半途而废。读的书多了，在阅读的时候就渐渐不把自己当成读者，而是当成另一种"旁观者"。在阅读《冰与火之歌》的时候，我渐渐产生了一种从文本的字里行间搜罗出相关信息并拼接在一起的兴趣，用历史学的话大概就是"钩沉发微"，因而决定上网寻找同好。我一直在想，人类活在这个世界上，追求的无非就是共同感。而在某个趣缘社群中，成员们通过共享一套文本——文学文本、影视文本、动漫文本、游戏文本或者共享某个基本设定而形成的多媒介文本，共享同一种感受。这也是我喜欢加入各种读书讨论群的原因。

"学城"在《冰与火之歌》小说里是维斯特洛大陆的学术研究中心和培养学士的基地，研讨群用这个名字算得上非常合适。我加入群的时候电视剧正进行到第六季，也是情节争议最多的一季，群里的朋友们常常因此产生争执，但是主要的讨论集中在《冰与火之歌》的小说中。在外国，有粉丝把《冰与火之歌》当成莎士比亚著作或者《浮士德》进行研究，在字里行间寻找暗示、隐喻、象征。当然，最重要通过原型分析、历史考证等手段预测剧情。这股风气传到了我国，被贴吧和维基的一些爱好者所发扬。当然，也有人对此不屑一顾，称之为过度解读，并给"冰火学"讽刺地起了个外号"当代红学"。当然，无论外人如何评价，我都觉得在冰火讨论群里面积极发言的那段时间是我最快乐的时光之一。

群里有许多博学而敏锐的同好。例如，精通希腊神话，熟读西方正典，擅长从人物关系与神话原型对应性分析的缘景；擅长从现实主义角度切入，几乎将冰火世界当成现实历史分析的 sam；还有我最为敬佩的，从文本出发细读具有文献学功底的 zion 君等。西式奇幻文学在中国市场事实上并不广阔，在学术界也没有地位，没有专业的学者愿意投入精力。因此，这群愿意将精力投入其中，不仅求看个乐呵而求刨根问底的粉丝深深感染了我。当时我成了《冰与火之歌》中文维基的众多编辑者之一。我英文不好，翻译不了，但也算写了几个词条，做出了一点微小的贡献。

对我来说，这段经历的重要性除了重新激发我自小以来对历史乃至历史学的兴趣之外，就是教会我深度阅读和浅度阅读的区别以及教会我票友和专业人士之间的区别。尽管醒悟得晚了一些，但还是把自己从无知的状态下解放了出来。这也是我不后悔花费这么多时间在一本通俗小说上的原因。

七

上了高中后，阅读的时间渐渐变短了。高一的时候，与课内作业和课外竞赛搏斗了一年，一年下来之后发现自己那点可怜的古文功底已经不剩下多少了，在初三时候稍稍涉足的古体诗和散文已经丢得差不多了。原来觉得很轻松的课内学习，现在却如重担一样压在我身上。看着周围的人游刃有余的样子，让我不禁有些悔恨自己过去的生活节奏太过轻松。但往事犹可忆，来者不可追。我只能一边发奋图强补着课内作业，一边见缝插针地抽出一点时间读书。在这种压力之下，我的课内成绩一直不甚理想，考试总是无法发挥出自己应有的水平。为此我开始读一些心理学方面的书，虽然书没有读多少，但成绩竟然奇妙地好转了一点。现在想来，学到的与其说是知识，不如说是心态。

高二转到文科班之后，读书的时间多了不少。心想自己已经多年"不务正业"，总该干点正事。在静希的"引荐"下，我加入了一个以人文社科为基本坐标的读书群，开始了我迄今为止最认真也最愉快的读书生活。

文科班的读书氛围其实没有很多人想的那么好，在我看来，甚至有些"低龄化"的倾向。大多数同学的阅读范围局限于青春文学、流行小说以及一些经典文学，却很少有人看社科类书籍，在历史方面的涉猎更是仅局限于课本和一些质量不高的通俗读物。因此，尽管在读书群中所度过的时间不到一年，但从中获得的阅历和见识，弥足珍贵且影响深远。

尽管好久没和这些朋友在网上聊天，和他们相识也不到一年，但这些素未谋面的人在我心中留下的印象至今记忆犹新：影响了我的人格，无论在学习上还是课外阅读上总是无私地给我帮助、回答我问题的静希；科学哲学专业出身，擅长从我没想到的角度、用我看不懂的专业术语解读动漫和游戏的 Aus；读书近万本，总是无条件帮我查书、买书但特别神秘的水瓶；物理系出身却精通哲学，常常让我自愧不如的空白君；还有年龄比我略大一点，读过的书却比我多得多的紫川君；侃大山水平极高的孙总；做亚文化研究的维米，以及好多可爱的小姐姐们。他们大多来自各大高校，年龄自然比我大不少。与他们交往除了给我带来知识和见识之外，还有对外部社会的认识。在和他们的交流中，我也能得到身边少有的温暖。

群内定期组织读书活动，每期由群员推荐书籍，并从中投票选出每期书单。每位社员选取一本书，在规定时间之内完成读书报告并上传至群内，没有特殊情况不得延期（喜欢侃大山的孙总就是有时间却没完成报告而被开除出群）。由于群员的专业不同，所选择的书籍不同，有较为基础的科普读物，如《牛津通识读本》系列、《言论自由的反讽》等；有著名乃至高深的学术著作，如《华北的小农经济与社会变迁》《科学革命的结构》《触碰神经：我即我脑》《叫魂：1768 年中国妖术大恐慌》《恐惧与颤栗》等；同时，由于群内对 ACG 等亚文化的喜好，也推荐了这一方面的著作，如东浩纪的

《动物化的后现代》等。这些书籍很多我都没有读过，有些现在还暂时看不懂，但它们如同一座尚未打开的宝库，等待我去挖掘。直到现在，能读懂里面的书籍依旧是我努力奋斗的目标之一。

由于仅参与过一期读书活动，我还只是群里的观察成员之一。而高三的来临，让我不得不与这些朋友们暂时分别。因此，能以一个理想的成绩结束高三，获取和他们同等甚至更高的平台，也就成了我高考的动力之一。

八

顺着时间写到高三，环绕在我身边的"书事和人事"也就渐渐结束了。如果最后还要说些什么，那就是感谢陪伴着我、教导着我的老师了。

从小到大，我这人一直"无君无父"，长期处于无社交状态。虽然常常受到老师的关怀，却总是忘恩负义，逢年过节也不懂发个短信问候，基本上由我父母代劳。17年来没什么特长，不会奥数、打球、小说、计算机编程，打游戏技术也极差，唯一值得一提的只有阅读。除了感谢父母自小给我自由安排时间和选择权力，我还要感谢中学阶段的两位班主任。郐老师是我见过的最负责任的班主任和语文老师，无论什么事情，不是冲锋在前就是和我们并肩作战。在她当我班主任的时间里，从她那里得到的鼓励和教导一直是我前行的重要动力之一。依稀记得初一的时候，来到新环境的我茫然失措，陷入了无止境的自卑和烦恼中，正是她夸我文章写得不错，立意较高且文笔老练，才给了我走出困境的信心。尽管在一些问题上我们存在分歧，但她在初中三年中，对我的学习和阅读产生了实实在在潜移默化的影响。在过去，我常自恃语文成绩不错而在语文课上读自己喜欢的课外书，为此甚至和她发生过冲突，但她从未阻止我自由的课外阅读；更令我感到惭愧的是，由于对高中作文的本能性反感，我写作的主体一直是杂文、时评、读书报告以及"半学术性"的书评，因此所投的稿件不是因为题材原因就是字数原因未能发表，发表的文章也只有寥寥数篇，现在想来真是对不起她在这方面的付出。

而老刘是我人生的挚友和导师。在初中本应无聊的政治课上，他给我带来了思想的启蒙，那些印刷的拓展阅读材料我至今留着，正是它们让我第一次听到那些现在倍感熟悉的名字。在政治课上，我的思辨能力和写作能力都有所提高，更为重要的是发现了自己真正喜爱的、想要做的事情。他对我总是存有信心，正是这种信心成为我坚持的动力。而在当上我的班主任之后，更是对我种种任性多加包容，心平气和地帮我解决疑难。如果说高三对我有什么特别重大意义的话，就是尽我所能，不辜负老师的期望。

网事与随想：那些已经消逝的碎片

有人将"00后"群体称作互联网一代。这种粗陋划分固然有些浅薄，在我看来却不无道理。追忆往昔，网络对我产生了非比寻常的影响，那些素未谋面却又在我内心深处刻下永恒印记的名字，如走马灯一般从我心头掠过。默念着那些温暖过我的网名，渐渐地发现，不知不觉间我已然成长了许多。

蓝　冰

"未来的呼吸从来都不是有着现在呼吸的人类能掌握的运动。"

蓝冰是我在互联网上结识的第一个网友，也是迄今为止我最好的朋友之一。当我作为一个懵懵懂懂的小学生初次进入纷乱繁杂的互联网世界时，他是第一个回复我的人；当我面对比我大了好几岁的高中生和成年人不知所措的时候，是他主动帮我解围。作为一个在现实中比我还要内向的人，他把在现实同龄人中找不到知己的我拉进网络社交圈当中，第一次在群体中找到所谓的

"认同感"；他把我拉进了"ACG 文化"的大坑中，也是他渐渐唤醒了我对文学、历史、社会的兴趣。在我那动荡而又缺少关怀的十三四岁少年时代中，是他给了我心灵上的某种依靠，为我找到了一个心灵上的避难所。就像 Dylan 歌中唱的那样：

"Come in," she said, "I'll give you shelter from the storm."

就这样，在不知不觉中，他那有些病态的性格成为塑造我人格的重要底色之一：敏感、多虑、恐惧社交、轻微自闭、潜藏在随和外表下的忧郁以及若隐若现的双重人格。他的个人贴吧已经两年没有新的回复帖，但贴吧的简介依旧没有变过：

"爱魔法少女小圆，爱历史，爱化学。"

蓝冰是罗马史的爱好者，在国内的业余爱好者中也小有名气，甚至和陈志强教授有过一面之缘。正是在他那里，我第一次听说了西塞罗、普罗科比、塔西佗、蒙森等名字。但说来也遗憾，由于我顽劣的天性，当时的我只对他推荐的游戏《罗马·全面战争》感兴趣，因此将无数的周末时光浪费在单机征战和联机对战上。而当每次将地图填满自己的颜色之后，剩下的唯有无尽的空虚感。

在上高三之后，蓝冰的情绪也日益不稳定，极少上网的同时，是每次上网必定显现出的烦躁。他删掉了在 B 站上发过的所有口琴吹奏视频，"我目标离我现在水平差得有点大……我想上南大……估计也不行，高考之后再找个切实点的目标了。以后有空来苏州玩，我请你吃饭。"我不知如何安慰他，即使想要给他一点力量，隔着网络相距千里，也无能为力。

就这样，我和他的联系渐渐淡漠。他再一次发说说是在他高考完过后两个月，附带的图片上是一张南京工业大学的录取证书，而内容还是一如既往的忧郁：我对"过得轻松愉快"不是很认同，我觉得大学就是单纯追求知识真理的地方。我感觉我与周遭格格不入，我自己害怕社交。我估计自己可能有一些轻微自闭症。说实话，无论成绩出来之前还是出来之后，我都是忐忑不安的，没有愉悦。自己青春年华已经逝去不少，悲叹韶光不等少年。从那以后，大概是因为学业原因，少见他上网发言。向朋友打听情况，方得知他在股票和证券交易上小有所成，只是不知道他定居君士坦丁堡的梦想何时能够实现。

就像新海诚所言，《你的名字》意味着青春期的终结和主角们进入"大人的世界"。蓝冰的渐渐远去标志着我田园牧歌般的少年时代结束，慢慢地，我也要长大成人了。

静 希

余光中在《朋友四型》中曾经提出过朋友的四种类型：高级而有趣、高级而无趣、低级而有趣、低级而无趣、对我而言，静希显然属于第一类。

许多人在人生中都曾遇到过这样的一个人：他比你年长一些，却仿佛比你成熟了几十岁；无论是在你感兴趣还是不感兴趣的领域，他都远胜于你；最后，他与你之间的关系却是平等的，你可以从他身上感受到兄长般的关怀，却感受不到父权的威严。这种富有关怀同时具有行动力的"长子型"人格，让我感到可靠且温暖。

作为一个出身落后偏远地区农村，上着华侨捐赠的希望小学，拿着教育部助学金的农村学子，他能考入复旦大学经济系，与大城市中产阶级的子女们坐在同一间教室里接受教育，这样的经历已经算得上传奇。他在一篇有关基层调查的文章中谈到在他小时候要是能有钱吃方便面，也会感到十分幸福。这让我难以想象他付出了多少常人所不能及的努力，而或许又是因为这种对弱势群体的感同身受，无论在言语上还是在行动中，在鸡蛋与高墙之中，他永远站在鸡蛋这一边。

我和他的相识甚是偶然。在一次读书群的讨论中，我们因为对"意识形态"这一概念的理解有所抵牾而开始了一次激烈的争辩：

"在帝国中，意识形态总是呈现出诸神之战的状况，而谁的内容彻底，并在与大众的互动中掌握大众，才能在混战中取胜。并不是先天有一个跃跃欲试的大众和一个坚强成熟的先锋队。"

"也从来没有一个理论先天正确的绝对主义的先锋队和一个明辨是非的大众。"

"灌输是一种策略，无关内容。你们把'灌输'一词搞得太贬义了，没有在具体的历史语境里使用。"

"无论在什么历史语境下，这一套逻辑都有矮化大众的嫌疑。手段和目的相互影响，意识形态的滥用，只会造成新一轮文化霸权和思想专制的诞生。"

类似的网络中的唇枪舌战重复了一次又一次，直到我手机没电为止。而等到下一次我们在网上对话的时候，他已经擅自称呼我为"精英高中生"了。

对于这个我万般不敢接受的称号，他似乎有些在意，这大概与他的经历有关。后来我们之间又产生过几次交集，但大多只是因为群内如读书、给希望工程捐书这些公务事项。直到有一天，他把我拉进他和高中校友建立的宣讲群，我们之间的友情才逐渐深厚起来。

"看清楚事物，就像我们的眼睛能看清、区别面前事物的轮廓，本身值得追求。那我们怎样才能看清？除了坚持不懈地反思，我们需要脚手架，就像通过显微镜去观察平日里看不见的病菌与益生菌一样，我们需要掌握哲学社会科学理论，来更好地理解社会历史，以安身立命。看事物有不同角度。也许我们不能断定哪一个角度最好，但我们可通过继承既有的巨人们的思想，尽量接近事实，不至于连灯都不开。"这是他在首次网络讲座时写下的"开讲报告"。他和几位国内国外的名校学生为了带动更多的青年获得高质量的社会历史知识，组织起高中的毕业生在网络上做无偿的科普讲座。他本人主讲的题目是"资本主义现代性的起源"。

　　不出意外，在这场讲座结束后，我们又因为一些问题产生了分歧。但每一次分歧，每一次讨论，不仅没有削弱我们之间的友谊，反而让我对他的了解更深。以后，无论在学业还是未来规划上的问题，我都常常请教他；遇到他也无法解决的问题，则会介绍他的朋友和同学帮我解决，在不知不觉之间拓宽了我的人际关系网。

　　静希最让我敬佩的地方是他极强的行动力，那是一种不同于他自称的只会在家妄想的"死宅"的生活态度，而是想到什么就努力将其付诸实践的执行力。现在，由他主导的一个研究 ACG 的微信公众号已经上线，他本人也找到了条件很好的实习工作。作为一个仰慕他已久的学弟，我祝愿他人生一路顺风。

蘑 菇

　　所谓先认知他者才能认识主体，自我认知中的自己和他人眼中的自己常常大相径庭。蘑菇学长就是这样的一个例子。

　　未闻其声，先知其人；未见其人，先闻其名。早在我还是初中生的时候，蘑菇学长的大名就已经在我校流传。学识渊博，才思敏捷，出版了个人专著。未来的教授这些关键词，让我以为他是个很严肃的人。当然，信息快速传播的同时难免会造成大量的谬误，有关他的一些或真或假的传闻就这样制造出一个"高冷"的学长形象。我甚至依照刻板的传统偏见把他当成一个难以接近的老学究。我第一次和他交流的时候，他已经高中毕业，就读于清华大学了。当时，我正面临着一个现实却又矛盾重重的问题：是追随内心的喜好，还是服从世俗观念的安排？正是他给了我鼓励和理解，让我有勇气走上那条看上去暗淡无比的学术道路。虽然我至今不知道这一选择是否正确，更不知道我是否有实现自己理想的学术能力，但我认为，就像蘑菇告诉我的，"不要在意他人的看法和偏见"，能做自己喜欢做的工作本身就是一种很奢侈的事情。

　　如果说和他的相识给我带来了什么实际利益的话，就是凭空多了一个用来关注书讯和学术动态的网络站点。由于身在北京高校信息通达，他本人又和出版社关系熟稔，他的书讯总是比外界稍快一些，甚至连还没公布出版计划的书都能知道。后来，他又在空间里晒他收到的生日礼物——黑马签名的劳伦斯文集，让人不禁有些羡慕。

尽管在他人眼中是学霸和学术胚子，蘑菇却也不免在网上"三省吾身"：我有用吗？我有学术能力吗？我生产的是学术垃圾吗？虽然常常出产这类"每日一丧"，但他还是颇为实诚地继续去做他的文献学工作了。"不孝有三，学文献、读研、读博。"文献学的专业性强，就业面狭窄，一旦选择了往往就只能在学术这条道路上走到黑。但就像他自己所说的，从事自己喜欢的工作不会厌倦。蘑菇很早就喜欢上文献学，喜欢考订、校雠这些在他人看来有些无聊的基础性工作。而正是因为这样的积累，他才能对版本如此精通。无论我问他什么书籍，他几乎有求必答。我曾问过他：有什么快速提升对版本学和文献学了解的方法？他回答："无所谓方法，所谓勤能补拙，积累才是基础。"这也让一度心浮气躁，觉得自己哪都不如别人的我渐渐平下心来。

后来，随着我们交流的增加，交流内容也就拓宽到"学术"上。其实，在圈外人和刚刚入门的本科生之间的讨论，无论在见识上还是在思维上都明显有些不足，但能够一起讨论读过的作品，讨论喜欢的学者的研究方法和方向，也是一件非常开心的事。在聊天中，他甚至觉得我"起步比他早，起点比他高"，真的让我有种受宠若惊之感。虽然我们两个都是"家里蹲"，至今没有见过面，但这种网上缔结的友情，却也弥足珍贵。

结语：时代的背影

随着我进入高三，自由自在地上网冲浪，结交朋友的时代已经一去不复返。在这一时期写下这篇文章，无疑有一种回忆的意义。其实，我想回忆的人、回忆的事情还有好多好多，想要写下来根本写不完。其中有些事情涉及他人隐私，有些事情涉及我自己的"黑历史"，都略过不提。

有人说，互联网的出现标志着人类重新回到"部落时代"。把人们相连接的不再是某种关于宏大叙事的话题，而是个人的兴趣。这也使网络社群这种"想象中的共同体"在内部上具有一定的同构性。尤其是在百度贴吧、豆瓣小组这种由用户自身兴趣而组建的社群更能体现这一点。但是，随着时间的推移，维持社群内部的往往不再是单纯的兴趣，而是对某一"集体记忆"的共同认同。拿我自己来说，我第一次上网是因为玩赛尔号需要查攻略而上网交流，因此在贴吧认识了许多朋友。现在他们大多数早已工作或者读大学，也不再玩网页游戏，但和他们依旧保持着联系。就像过去的同学关系一样，网络上的朋友关系的保质期也远比一些人想象中的长。

书景：北京行纪

　　小学时读老舍《北京的春节》，对北京的冬景和民俗民风有着莫名的好奇和向往。虽然我去过好几次北京，但每次都是夏日时节，连雪都没有见过，更不要提冬景了。这次也不例外。从小到大就在听班级里的外地同学描述北方的雪，也不知道在文章中写下过多少次"飞雪来临"的季节，想起来也真的有些讽刺。

　　从漳州乘动车出发到北京，也不过十来个小时。路上穿越广阔的平原，一路上虽说赏不到人间美景，却也能观测到天色的变化多端。到了济南竟下起了稀稀疏疏的小雨，隔着窗户看雨景，不禁回想起陆游的那句诗："吏来屡败哦诗兴，雨作常妨载酒行。"一到北京刚出地铁站，我们就被滚滚的热浪瞬间击倒，诗兴酒情都烟消云散，瞬时竟有一种日夜倒错的错觉。此时已是晚上七点，让人不禁感叹北京热岛效应的严重程度。

　　四年前参加文学夏令营时，我曾在大巴车上看过长安街夜景，这次我有机会从立交桥上俯瞰。一路上车水马龙。人人都说旅途使人乏累，在车上翻完了格林的《斯坦布尔列车》的我却睡意全无，精神抖擞地拿着手机拍着十字路口的行人和各式各样在小城市看不到的豪车，也顺带把多余的精力消耗得一干二净，回到宾馆洗个澡就悠然入梦。

斯特劳斯在《忧郁的热带》的开头开宗明义地写道："我讨厌旅行，我恨探险家。"我们总是如同勤劳的泥瓦匠一般，徒劳无益地试图用时光留下的残片重建完整的过去。"北京"这两个字对于不同的人有着不同的含义，对于亲眼见到和仅靠耳朵听说的人更是有着天壤之别。和上海的朋友闲聊时，曾调侃道，中国文化的北方重心在北京，南方重心在杭州和南京，唯有上海没什么文化。他不服气道，我们也有弄堂、复旦和外滩，但最终还是低头认输。毕竟，与千年古都相比，上海确实缺少真正的历史底蕴。知乎上搜索关键词"文化沙漠"，包括上海、广州、深圳、重庆在内的中国各大城市都被贬低了个遍，唯有北京没有在内。

由于日程匆忙，我在北京自由游玩的时间只有一天半。都说北京最值得赏玩的是历史古迹和文化景观，我却没有时间细细参观：颐和园光要逛就得至少大半天，而我可没有在太阳底下步行几公里的体力；长城又太远。思来想去，也就只有中国国家图书馆这一个去处了。中国国家图书馆是京师图书馆，筹建图书馆的是洋务先锋张之洞，首任监督是帮他编纂《书目答问》的缪荃荪，梁启超等人也曾担任过馆长之职。我去图书馆那天正好是北京一年中最热的时节，一边听着出租车司机高谈阔论各种国家政策，一边看着天气预报上一连串的太阳标志，感叹着热岛效应的严重程度。虽然近年来由于各大重工业部门的搬迁有所缓解，在这三伏天里，气温仍是远远高于东南沿海地区。

图书馆不让带包进去，我只好在存包处排了好几分钟的队。在这个时间来图书馆的大多是年轻人，手上往往拿着《李永乐考研数学》或是《星火英语四六级》之类的考研教材，想必是放暑假的大学生们到图书馆自习。我顺着人流进入北馆，映入眼帘的就是各类海报和书展。没见过世面的我忍不住驻足观望了一会儿，看到隔壁的国家典籍博物馆正在进行动画原画展览，打算逛完图书馆再过去。

尽管我常去厦大图书馆，但在亚洲最大的图书馆面前，普通大学的图书馆也不免黯然失色。典雅美观的书架和排列整齐的书籍，宽敞开阔的大厅，书架、桌椅和书籍的色彩统一而有序，展露出和谐的古典之美。数不胜数的图书琳琅满目，让人目不暇接。我在工具书大厅里逗留了许久，翻阅着吴廷燮的《唐方镇年表》。这时，一位高大的大学生向我询问是否看见过《洛阳出土墓志卒葬地资料汇编》这本书，我本想回答不知道，但看他焦急的样子，便帮忙寻找了起来。

我们一边找一边聊起天来，我问他是不是南北朝史专业的，他回答他本科北大考古系，现在在社科院读研。这个履历让我不免有些遗憾，但更多的是好奇。考古学在历史研究中的作用日益提升，出土资料的汇编也成为最为重要的整理项目之一。我以前曾想读《新出魏晋南北朝墓志疏证》，虽然没有读完，但还有印象，里面出土于洛阳的碑文数量为数不少。于是，我抱着助人为乐的想法和他一起找。但找了许久，终究没有找到，他推测应当是放在密集书库，礼貌地向我道了谢后便匆匆离开。当时时间还早，我不急着离开，本想和他再多聊会儿，但看见他忙碌的样子还是不忍心打断他，最终没有记下他的姓名和联系方式，实在有些遗憾。

逛完国家图书馆后意犹未尽，顺势前往邻近的国家典籍博物馆参观。动画原画展票价有些贵，且所展示的原画大多是迪士尼的作品，老实说有些低于我的预期。但是，在另一个展厅的"日本永青文库捐赠汉籍入藏中国国家图书馆展"倒是更加让人惊喜。说到永青文库就不得不提起细川家。我虽然不懂日本历史，但多少通过动漫、游戏等渠道了解一些相关知识，尤其是查到细川家对中国古籍的收藏可以追溯到细川藤孝这个以站队而闻名的人物就更感兴趣了。永青文库展出的古籍除了一些和刻本古书之外，还有《群书治要》这样的失传文献，竟有此机会看到原本，也算不虚此行。

剩下的时间里，我又去了中关村图书大厦和西单图书大厦。北京汲取了全国最多教育资源和文化资源，书店的图书自然也堪称全国最丰富。我一向喜欢在书店找书，然后上网购买，但在周围数不清的购书者的影响下，也忍不住买了几本网上基本不打折的汉译世界学术名著，顺带办了一张会员卡，打算留着未来到北京学习时用。中关村图书大厦底层有推荐的人气图书，《白夜行》《野火集》等书位居前列。不得不感叹，在这个时代，确实哪里的文化品位都差不多。

博尔赫斯说，天堂应是图书馆的样子。回想我这短暂的北京之行，除了书以外，基本没有参观过其他景点。不过，那图书馆和书店里的人山人海，又何尝不是北京那道最美丽的风景呢？

第三辑

就业："钱途"等于正途吗？

又到了一年一度几家欢喜几家愁的高考出分时节，学生家长们按着计算器，对着成绩和全省排名、高校名单一所一所查询着所能填报的高校和专业，而在知乎这样的问答论坛上，不时能看到"xx 省考生，xx 分，xx 名，是填报 xx 大学冷门专业还是 xx 大学金融计算机专业"这样的问题。而下面的回答的口径则惊人一致：选择金融、计算机，因为其他学科没有前途，远离生化环材文史哲这样的垃圾专业。老实说，当我第一次看到这样的回答时，是有些生气的。尽管后来通过一些渠道了解到了现实的残酷之后，对这些功利主义的想法多少能够理解。但理解并不意味着接受。当前途日趋等价于"钱途"的时候，我们除了思考所谓"社会价值观"是不是出了问题之外，更多的还应当思考一下，孕育这种价值观的土壤是不是出了问题。

高考被称作人生中最为重要的一次改变命运的考试，就如同古代的科举、今天的公务员考试一样。在大多数人眼中，高考是社会下层逾越阶层鸿沟向上流动的渠道。大多数人进入大学是为了拿到一张能够帮助他们在就业市场上获得各大公司 HR 青睐的文凭，而并非出于对知识的渴望或者对学术的追求。从这个角度上看，绝大多数大学生对大学的理解都与洪堡的定义不相吻合。在这位伟大的教育改革者那里，大学是"以纯知识为对象的学术研究机构。而纯学术的研究活动正是大学孤寂和自由的存在形式的内在依据。据此，大学应有一种精神贵族的气质和对纯粹学术的强烈追求，而不考虑社会经济、职业等种种实际需要。"当然，这位贵族出身的语言学大师没有经历过平民们风餐露宿的生活，自然也没有预想到，在两百年后，大学竟然会慢慢成为以就业为导向的另一种职业学校。当人们在挑选专业时少以兴趣为基础选择，而是注重"有用"的时候，也就谈不上什么学术追求了。

其实，当我们谈论所谓"有用""无用"的时候，实际上已经包含了一个前提：这里衡量"有用"的尺度是这一项知识、技能或者别的什么东西在市场上作为商品的价值，而不是这些知识对你个人的成长和发展有什么用。就像鲍德里亚所说的，"在今天，凡是不能成为消费对象的东西，都不具有存在的价值"。文学、绘画、教育、科学及各种"主义"，在这"弥散的消费之光"下，一切不应该被商品化的东西都被商品化，被明码标价地放在市场上出售。而我们同时具有生产者和消费者的二元身份。作为生产者，我们评价它们的指标是："能不能让我们找到工作""能不能换取更多的货币资本"。显然，能带来经济效益的就是有价值的，"有用的"。而作为消费者，我们所关心的则是我们是否有能力进行消费，此时，消费也就成为建立人与社会之间联系的一种主动的模式。在现代社会中，人类必须通过外部事物才能认知自己，消费成为认知自己的必要手段。因此，我们作为消费者的唯一目的就是获得足以满足我们消费需求的经济资本。

所以，我们看到人文学科如文史哲，社会科学如政治学、社会学，乃至艺术、音乐、考古、档案学，这些无法获得经济资本的学科，统统被纳入"无用"的行列中。北大人口学家乔晓春出身物理学，她在会议中曾经提到自己一些亲戚朋友对自己学科的嘲笑。在她眼中，这种嘲笑来自于学科之间的歧视，精确而更加注重演绎法的自然科学嘲笑"不科学"的社会科学，但其实这与其说是"理科"对"文科"的歧视，不如说是市场经济对情怀的蔑视。我国经济已经持续了30多年的高增长，工业化进程的迅速推进和我国工业技术人才相对匮乏的事实，使学习理工科成为全民风尚，工科毕业的学生平均收入也日益提升。而在互联网经济兴起、产业转型升级的现在，计算机、金融企业的优厚待遇又让许多人争相进入这一行业，因而造成一种"万般皆下品，唯有金计高"的局面。在改革开放这一场轰轰烈烈的"致富运动"中，我们需要在市场的逻辑下解释学习某项技能的理由。比如，学历史能够增强你分析当今社会形势的能力，政治学可以提高你对政局分析的能力。当然，这类话连我自己都不信。事实上，不仅是人文社科，甚至连理论数学这类基础性科学也被一些人视作"无用"。打算将奖金用来还房贷的数学新视野奖得主恽之玮曾经苦笑着回答记者有关北大数学系"黄金时代"的问题："可能那时候我们比较傻，大家都选了数学系。"如果说数学、物理这类学科能够帮助学生打下数理基础，方便转行金融和计算机的话，那么与此相对的，生物、化学专业由于人才过剩和产业所创造的经济效益较低，毕业学生的收入和工作强度不成正比；同时，由于专业课程负重过大并缺少数理基础的培养，使他们缺少"自救"的机会，因此被归结为"垃圾专业"。在这个一切向利润看齐的现代社会中，没有任何直接经济效益的"无用"的文艺事业更是成了奢侈品，成了金钱王冠上的装饰品。

在这里我无意对这些观念从道德上进行指责。工具理性早已从解放人性的工具退化（当然你也可以认为是进化）为一种统治、奴役人的文化霸权，这些深深植入我们大脑中的思维方式就是以资本主义逻辑运转的社会机制不断地进行规训的结果。卢梭说，人生而自由，但无所不在枷锁之中。我们所处的这个消费社会，就像鲍德里亚所说的，通过消费这一过程深入人的内心，赋予这一行为化作"可进入"的自愿性，从而将这种心理结构渗透到社会当中。或许有些人会认为我太过激进，但正如雷蒙·阿隆所说，"要么你拒绝我们的社会，成为革命者；要么就接受它，成为批评者。"在这个时代，我们游离于社会之外的可能性几近于零，我们或许无法改变其他人的观念，但我们仍可以做到不让自己被这些观念改变。

在现在的中国，对于能够接受高等教育的人来说，生存权或许已经渐渐廉价。但对于大多数人文艺术工作者们来说恐怕并非如此。作为一个文科学生，我能理解这些人必须在艺术价值和商业价值之间做出选择时的那份纠结。巴尔扎克尚且可以靠着勤奋写作度日，而如今的文艺青年们恐怕没有选择。在豆瓣上看到过一个哲学博士发的笑话，读书的时候，人人以为自己是下一个德里达；博士毕业后，才知道自己连李达都不是。对于他们来说，物质条件的匮乏或许并不是最可怕的，更可怕的是学术或者艺术上的一事无成。尽管如此，依旧有无数聪明的学生，把自己的精力和人生投入这没有回头路的事业当中。他们所执着的事业在别人看来并没有什么现实的效益，不能带来华服、豪车和大房子，但他们当中大多数人的内心依旧是温暖的。每年总能听到有人因为经济原因转行的消息，对此我非常理解。塞林格说：

"成熟的理想主义者会为了理想而苟活，不成熟的理想主义者则会为了理想而死去。"而现实却常常和这样的理想主义者开玩笑。写严肃文学写到穷困潦倒的普佐在无奈之下写了流行小说《教父》，拍艺术片拍到破产的科波拉在翻开《教父》小说几页之后，立刻产生了生理上的反感。但就是这样的二人，却联手创造了电影史上一部伟大的杰作。这种艺术的吊诡不得不让人感叹：作品的意义与价值从不由艺术家本人所决定。却也告诉我们，就算你深深嵌入现实社会当中，你的想象力依旧足以改变一切。人文、社科、艺术，这些美好的东西并非没有价值，当别人拷问你"究竟能值多少钱"时，你只需微微一笑，在心里说上一句，"我所追求的，是你们无法想象的生活"即可。

后记

　　写作这篇文章的时候，我正处于心情最烦躁的一段时间，因此不免有些情绪化。但我在文章中表露的基本观点到现在都没有改变，对专业选择和就业的态度也没有改变。我不会鼓励同龄人因为一时的冲动而去报那些冷门的专业，但我觉得，我们始终应该做一个兴趣使然的英雄。我依旧不会批判那些功利主义者，但我仍坚持认为，每个人都有超越世俗生活，追求更自然、更诗意生活的权利。

佛系：当我在谈论佛系的时候在谈论些什么

　　"佛系文化"作为一个来自日本的流行词，在中国以病毒营销般的速度传播开来。这一发源于日本社会现实中的词语在中国的传播，映射出了当今中国的社会现实。右派学者大前研一在《低欲望社会》中描述的日本"草食男"青年：不愿意背负房贷、丧失消费欲和成功欲、少子化等特征在当代的中国社会已经渐渐成为现实。

　　作为一个已经流行开的 meme，"佛系"是一次次文化再生产后层累形成的模糊概念。显然，作为一个能指，在《人民日报》撰稿人、微博营销号乃至任意两个自称"佛系青年"的人之间，相联系的所指恐怕大相径庭。这二者之间联系奇妙的任意性，足以让消费主义世界中敏感的观察家们管窥自己身在的这个分裂的世界。

　　所谓社会存在决定社会意识。400 年前，王夫之写道："其上申韩者，其下必佛老。"在几百年后，这句话似乎又有了新的含义。在冷战终结的 1992 年，福山以其美国式的自大向世界进行他"历史终结"的布道："自由与民主的理念已无可匹敌，历史的演进过程已走向完成。目前的世界形势不只是冷战的结束，也是意识形态进化的终点。西方的自由民主制度已是人类政治的最佳选择，它即将成为全人类的制度。"如此滑稽的历史终结论出自这位出类拔萃的乐观主义者身上并不让人讶异，真正让人讶异的事情则是一切事情的发展都是那么迅速。新自由主义热潮吹拂下的世界，阴影却在阳光下开始滋生。德里达直言："当今的资本主义满目皆是黑暗、威胁与被威胁。"当胜利者们庆祝"意识形态的终结"之时和乌托邦式宏大解放话语的不复存在之时，实际上标志着消费主义这一超级意识形态的完全胜利。

电影《我的诗篇》以毫无拍摄技巧和制作粗糙而"闻名"，但在电影里却真实描绘了当代无产阶级的生活状态。不佛系的许立志用血淋淋的方块字刻下那首策划他死亡的诗："他想着想着往前挪了一步"。这位曾经乐观开朗的青年在现实的教导下写下了无数因为"消极颓废"而被退稿的诗歌，自己也渐渐成为"流水线上的兵马俑"。从这种意义上，"佛系"作为一种生活方式受到一些人的批评也就不足为奇了。在一个以纵欲和乐观作为信仰的年代，波德莱尔式的忧郁显然是奢侈而不被允许的。有趣的是，在高度发达的资本主义社会中，"生存"变得日益廉价，"活下去"似乎成为一件容易的事情；在所谓的"多元化"社会中，民族主义的宏大叙事已经渐渐被消解，能够凝聚共识的意识形态只有消费主义了。最令人担忧的是，比起以虚构和发明作为内核的民族主义，消费主义似乎更顺从人类的本性。正如赫胥黎给奥威尔的信中所写的："终结你的一九八四的，就是我的美丽新世界。"

赫拉利在《人类简史》中曾将消费主义与过去的意识形态做了有趣的对比："过去的伦理体系，常常要求人类做些难如登天的事，告诉他们照做就能上天堂……这对大多数人来说实在太过强人所难……但今天的情况有所不同了，大多数人都能轻松达到消费主义的理想。想要进入这种新伦理所承诺的天堂，条件就是有钱人应该继续贪婪下去，把时间投入赚更多的钱，至于一般大众则是要尽情满足自己的欲望和热情，想要什么就买什么。这是人类有史以来第一次，信众终于真的能够做到宗教要求的条件。只不过，我们又怎么知道它承诺的天堂是什么样子？答案是：看看电视，你就知道。"

确实，这种新型宗教在精神上或许是符合人性的，但我们不能忽视的是这种伦理下隐藏的一个前提条件：信徒拥有足以进行消费的资本。像许立志这样缺少消费能力的"贫困化"的无产阶级自然被开除出"消费主义共同体"之外。作为消费主义圣经的"成功学"理论及其变种向年轻人不断灌输着成功这一信念的时候，实际就是贯彻"资本主义核心价值观"的过程。

当资本主义渐渐披上了含情脉脉的面具，消费主义也就披上了"个性化"的面具。当代的消者们日渐患上了"强迫症"，似乎只有在自己的一切都被置于消费之中的时候，才能获得安宁感与实在感。前面提到过，佛系青年具有低消费欲的特征，这种"消费不起"的消极反抗在政治经济学角度上看是资本集中的必然结果，而从文化批判的角度上来看却未必如此。正如鲍德里亚所批判的那样，"在消费社会中，我们消费的并不是物的有用性，而是通过消费体现着自己的社会地位与身份的过程。"当人们将"佛系"简单地归结为一种"个性"的时候，却忘记了消费社会中"个性"的获得与消费的过程具有相当程度上的同构性。在马克思那里，人与人的关系被遮蔽为人与物之间的关系，他所观察的异化过程是一个多层次的工序：先是被自然疏远，再被自己生产的产品疏远，接着被生产工序疏远，最后被自己的身体疏远。但在鲍德里亚那里，这种异化有了更进一步的发展。在他看来，现代拜物教的深层次发展改变了人类的认知结构，人类的消费对象从外在他物转向了自己的内在，从身体、想法乃至生活方式，无一不被作为商品消费。如果我们将"佛系"简单地定义为低消费、无欲望的生活方式的话，这一种生活方式又被重新包装为一种符号商品；作为"佛系青年"们寻求自我认同和自我理解的工具，这不得不说是一种讽刺。

那么，如果一切对现有秩序的解构都将被同化为对另一种秩序的建构，消极反抗又有何意义？"光辉二十年"之后，必是震撼世界的五月风暴，但阿芙乐尔号巡洋舰的舰炮百年来也只响过一次，因特纳雄耐尔也远未实现。想象力终究无法改变世界，佛系青年们在文化商品中享用着自己的低欲望生活，也无法根本改变资本主义生产方式的根基。

马克思在《黑格尔法哲学批判导言》中陈词道："应该让受现实压迫的人意识到压迫，从而使现实的压迫更加沉重，应当宣扬耻辱，使耻辱更加耻辱！"这种颇有点"加速主义"的论调在现在看来或许更有远见。工人运动终究让资本家的剥削变得更温和了一点，但随着冷战的结束，改良成果又在渐渐被侵蚀。在"失去的三十年"中日本青年变得佛系了，那么在下一个"失去的xx 年"中，恐怕有些人将连佛系的资格都没有了。但最令人悲哀的是，当冷冰冰的暴力已经不再时兴时，所替代的则是文化上不自觉的规训。戴锦华观察到一个现象，在古装电影中，以官府、帝王视角展开叙述的越来越多。而在她看来，这一现象意味着反叛精神的消亡以及统治秩序的重建。而作为 20 世纪推动社会进步的主力的工人阶级呢？NHK 的纪录片《三和人才市场 中国日结 1 500 日元的年轻人们》曾经引起了不小的反响。

这群"三和大神"既没有优厚的家庭条件——他们的父母往往是第一代农民工，又厌倦了工厂机械的生活。身负重债却又没有家庭牵挂的他们在深圳三和过上了"干一天可以玩三天"的日结工生活，"当你的身份证被黑厂扣下威胁不给干活就走不了，当为了生存被骗着当了'法人'贷了高利贷，你的人生就没有更多选择了。"一位"三和大神"如此回答旁人的质问。"三和大神"们才是真真正正的佛系青年，而现在舆论中的所谓中产阶级佛系青年，与他们又有多少本质上的不同呢？

但我们也不应该因此而过于悲观失落。互联网的发展在某种意义上推动了知识的传播速度，却也加大了阶级分化。在我们没有察觉的阴影里，有地火在悄然运行。消费主义的核心价值观究竟还能维持多久？"佛系青年"的存在如同无声的呐喊，警醒我们：无论在哪一方面，我们距离马克思所言"人的真正个性解放"都还有很大的距离。但愿，这呐喊能唤醒更多的人。

村上春树：爵士乐中的孤独

1987 年，村上春树的自传性作品《挪威的森林》出版之后，在日本文坛掀起了一阵波澜，并由此产生了"村上春树"现象和"挪威的森林"现象。谁都无法否认，村上春树不仅在日本，甚至已经成为世界级的知名作家。从他的作品里表现出的失落感、孤独感乃至绝望感，使物质富足的现代人（尤其是年轻人）感同身受。

而这村上春树小说中最具特点的，则是无处不在的音乐痕迹。语言和音乐在某种程度上具有一致性，在村上的小说中得到了充分的体现。在他的小说中，音乐和文字两种人类不同情感的表现在他的小说里得到了很好的交错与融合。在村上的作品里，音乐已经成为一种意象，一种美学符号而存在。村上春树的作品中的音乐包含有许多村上的个人印记。音乐在某种程度上成为村上小说的象征，成为一幅带着浓厚个人色彩和时代特征的背景画。这也成为读者进入作品深层主题的最佳途径。本文将以村上春树小说中的音乐为线索，探究小说作品的"村上式孤独"。

音乐是小说中的重要线索和背景

村上春树的小说中随处可见音乐大师及乐曲名字。村上春树喜欢用乐曲名做小说的题目，用音乐来做小说的线索以及用音乐来为小说故事伴奏。例如，《国境以南，太阳以西》来源于法兰克·辛纳屈的同名爵士乐，短篇小说《32 岁的 DAY TRIPPER》中的 DAY TRIPPER 则是大名鼎鼎的披头士乐队的一首著名单曲。《天黑以后》的标题来源于美国爵士乐长号手卡迪恩·弗莱的《天黑以后的五点俱乐部》，而村上最新的长篇小说《没有色彩的多崎作和他的巡礼之年》则来源于李斯特的钢琴曲《巡礼之年》。

音乐在村上的小说中更多的是作为线索和背景。在他的处女作《且听风吟》中，真正意义上出现的第一首乐曲是布鲁克·本顿的《夜雨佐治亚》。这首哀怨的爵士乐名曲极其贴近小说整体的气氛，生动地体现了主人公此时的心态，也作为线索为整个小说故事的叙述定下了主基调。而在《没有色彩的多崎作和他的巡礼之年》中，李斯特的钢琴曲《巡礼之年》则作为故事的背景音乐贯穿全文，"巡礼"成为全文的核心内容。这样的例子在村上春树的其他小说中屡屡出现，如《挪威的森林》以它静谧、忧伤的主旋律成为同名小说的基调与背景，《发条鸟年代记》中罗西尼的《鹊贼》序曲作为小说的线索贯穿全文，在开头暗示小说的紧张阴沉，而小说最后另一个世界中的酒店男侍无数遍周而复始地哼着的《鹊贼》，甚至成为男主人公的救命稻草。村上春树本人在《挪威的森林》的后记中也曾写到自己写小说时每天放 120 遍《佩珀军士寂寞的心俱乐部乐队》。

音乐与村上式孤独

村上春树的小说大多是以都市为背景，展开叙述男主人公的日常生活与恋爱悲喜剧，借此表现资本主义社会中丰富物质下现代人的迷失与彷徨、孤独与无助。

在《寻羊冒险记》中，"黄昏时雪仍在下，草场白茫茫一片。及至夜色笼罩四周，雪终于停了，深沉的静寂再次压来。一种无法抗御的沉寂。我把唱机调到自动反复功能，听了 26 遍温克·克洛斯比的《白色的圣诞节》"。在自然不动声色之中，"我"也只能以一种不动声色的孤独和无奈，玩弄着格外伤感的音乐。《白色的圣诞节》整首曲子基调伤感，描述了家乡圣诞节的美好景象。"静夜情思又多了一些 / 把祝福写成了明信片 / 夹在日记的最后一页"，这样美好的歌词与小说感伤的基调形成对比，以交错的形式制造出村上式的孤独，给人一种空虚式的感伤。

"海潮的清香，遥远的汽笛，女孩肌体的感触，洗发香波的气味，傍晚的和风，缥缈的憧憬以及夏日的梦境……"《且听风吟》讲述了"我"与偶遇的一位少女闪电般的恋情。在短短 14 天之后，女孩便了无音讯，因而使"我"伤感不已。村上春树以现代人面对世界的空虚感和距离感，刻意制造出压迫性的双重世界，制造出与《加利福尼亚少女》的漂浮轻快相对的伤怀忧郁，给人一种窒息式的双重效应。《挪威的森林》中所提到的音乐作品也大都是多愁善感类型的。《海边的卡夫卡》同样如此，每当《海边的卡夫卡》钢琴曲出现时，田村卡夫卡就会梦见那位海边的少女，直到故事的结局。

村上式的孤独与无助

村上春树笔下的主人公大多是这样一个形象：一个再普通不过的小人物，年龄大多在 19 岁到 35 岁之间，基本是刚刚离婚或没结过婚的。这里，主人公本身就是孤独的象征。他已被彻底"简化"，无妻、无子、无父母（有也不出场）、无兄弟、无亲戚、无工作（好端端的工作一辞了之），远远超过我国城乡结合部里的"三无"人员。

《挪威的森林》中的渡边就是一个例子。生活对他来说是平淡而无趣的。在社会的海洋中他漫无目的地游荡，因此放弃了所有的理想。蜷缩在自己孤独的小木屋中，封闭自己的心灵。甚至就算是与绿子之间的恋爱也不是全身心投入的。而渡边的第一个女友直子，则与渡

边有着同样的孤独。两人在对外部世界的惶恐不安中交
往，却总也摆脱不了属于自己的小木屋似的边缘世界。
读者从这些社会边缘人中寻找到了自己，但随着直子的
死亡，渡边继续如同奥德修斯般的漂流和寻找自我。

村上春树作品中的主人公都在孤独迷茫中，如同
西西弗斯般对自我进行无谓的寻找，强烈的无位置感
也反映了人们在现代社会中的不知所措。复杂到无法
用文字描述的心理世界只能寄予高低起伏的五线谱，
安放在音乐中，使自己的内心世界得到宽慰。正如林
少华所说的，村上式的孤独就是"对冠冕堂皇的所谓
有价值存在的否定和戏弄，有一种风雨飘摇中御舟独
行的自尊与傲骨；对伪善、狡诈行径的揭露和憎恶，
有一种英雄末路的不屈与悲凉；对"高度资本主义化"
的现代都市、对重大事件的无视和揶揄，有一种应付
纷繁世界的淡定与从容；对大约来自宇宙的神秘信息、
默契（寓言色彩、潜意识）的希冀和信赖，有一种对
未知世界的好奇与梦想；对某种稍纵即逝的心理机微
（偶然因素）的关注和引申，有一种流转不居的豁达与
洒脱以及对物质利益的淡漠，对世俗、庸众的拒斥，
对往日故乡的张望"。❶这种从不怨天尤人，从不自暴

❶［日］村上春树. 挪威的森林［M］. 林少华，译. 上海：上海译
文出版社，2001.

自弃，从不找人倾诉，既然无法消灭孤独，莫如退回来把玩孤独的人生态度，带领我们回到孤独的原点，回到人本性的纯真。

村上春树的孤独态度对现代人的影响

真正的孤独不是一个人寂寞，而是在无尽的喧哗中丧失了自我。村上春树轻描淡写般的呼喊击中了太多孤独的心灵。他的受欢迎不是偶然的。他的孤独不只是一种寂寞。他的孤独是填满了的空虚，是人本质上的无意义。"于是，我们奋力搏击，好比逆水行舟，不停地被水浪冲退，回到了过去。"**❶**在无数次地回到过去之后，在自我存在的生命意识的引导下，终于回到孤独，以一种对其他生命的疏离感，追逐而构造自己的生命本体。

《挪威的森林》《白色的圣诞节》《佩珀军士寂寞的心俱乐部乐队》等。这些音乐无不为生命的孤独、迷茫和无助找到一张静谧的温床。将满怀的情感寄托在优雅的旋律之中。尼采说："语言作为现象的器官和符号，绝对不能把音乐的至深内容加以披露。当它试图模仿音乐时，它同音乐只能有一种外表的接触，我们仍然不能借任何人和抒情的口才而向音乐的至深内容

---

❶［美］菲茨杰拉德. 了不起的盖茨比 [M]. 姚乃强，译. 北京：人民文学出版社，2008.

靠近一步。村上春树显然是懂得这一点的。在他的文字中，文字与音乐早已完美地融合在了一起。让音乐与文字一起表现出感人至深的孤独。这种孤独无法捕捉，却又无处不在，轻盈散淡，又叩击心扉，凉意微微，却又深情脉脉。阅读村上春树的作品，使人们茫然无措的心灵找到一个驿站，并悄悄地提醒人们：享受孤独……

后记

从各种意义上来说，这篇文章都是我写作的原点。尽管从内容上看并没有什么过人之处，但考虑到这出自一个初一学生之手，我还是对当时的自己有些感动。在面对自己所未知的事物时，能够渐渐脱离舒适区而进行探索，这反而是现在的我缺少的耐心和能力吧。尽管现在的我能表达出比这原创性和深刻性都高得多的想法，但反而缺少了之前那种单纯的求知欲，这也是我需要渐渐找回的能力之一。

最后，感谢邬老师当时对我的鼓励，您的关怀我会一生铭记。

格雷厄姆·格林：恋情是如何终结的

由爱情结婚，仿佛由美酒变醋——
一种可悲的酸水，一喝就清醒
谁料时间竟把那仙品的醇美
一变而为极家常的淡然无味！
——乔治·戈登·拜伦《唐璜》

尽管一生未能获得诺贝尔文学奖，但是格雷厄姆·格林依旧被认为是 20 世纪最伟大的小说家之一。就如马尔克斯所说，"诺贝尔文学奖颁给了我，也就相当于颁给了格雷厄姆·格林。没有他我将写不出任何东西。"无论是因为他的天主教信仰还是他与评委妻子之间的风流韵事，这位十余次提名却最终落选的大师的人生遗憾却成为一些书商用来营销的手段，真是让人感叹。

在今年读客引进《恋情的终结》之前，格林的作品在中国大陆一直处于一个尴尬的境地，在学术圈内，格林的作品虽然影响力颇大，却也比不上引起了社会现象的"愤怒青年"等新左翼文学流派。而在大众阅读领域，格林小说的题材其实相当切合国内一部分读者的阅读兴趣，但其知名度却始终不高。在我看来，这与格林的写作风格有关。傅惟慈访问格林的时候，格林曾经问他："中国的读者们喜欢不喜欢看描写'异国情调'的作品？"傅老先生竟一时做不出明确的回答，只能表示自己挺喜欢的。在我看来，在风起云涌的 20 世纪中国文艺界，格林的风格确实不太符合大众的口味。前 30 年意识形态独断文学领域，革命文学和宏大叙事盛行，格林的小说自然被视为"资产阶级毒草"，只能通过"内部发行"的形式悄悄出版。而在 20 世纪 80 年代，由于"再启蒙运动"的启动，现代主义来袭带来了文学革命。格林也趁着东风和福克纳和马尔克斯进入中国。但是，阅读文学作品毕竟是一个追求认同感的过程。比起第二次世界大战中英国中产阶级的情感纠葛和殖民地官员的家庭纷争，带着魔幻色彩的拉美乡村更能与读者和其他作家产生共鸣。而先锋派作家们则更专注于小说文体革命，更不在意写作手法不够"现代"的格林了。

"我们这个时代最为真实也最为感人的长篇小说之一。"威廉福克纳如此评价《恋情的终结》。同为心理描写的大师，福克纳的评价无疑具有相当的参考价值。格雷厄姆·格林那看似絮絮叨叨的心理描写覆盖下的，是抑扬顿挫的叙事节奏和流动不止的情感以及对人类内心深处焦虑的精准记录——这也正是故事并不新奇的《恋情的终结》的伟大之处。

"故事没有开端，也没有结尾"。正因为如此，才能随意进入。作者从中选择的时间节点也十分有趣：在某一时刻切入，正如同一个昏昏沉沉的社会青年闯入古典音乐会的现场，发现正在唱咏叹调一般，只知其果而不知其因。格林的叙述也正如咏叹调一般无始无终，细腻而绵长。

绵长——这个词往往用来形容普鲁斯特。但普鲁斯特的绵长如同如歌的行板一般，推动着旋律向前，直到撞见某个奇妙的事物：羽毛、百叶窗、玛德莱娜小蛋糕，然后演奏者如梦初醒般地陷入梦幻当中。这种叙述的变调构成了《追忆似水年华》最为华美的倚音——在叙述中仅占短小的一角，却有着一整个八分音符的时值。当普鲁斯特让他的人物进入无所事事，进而想入非非辗转反侧的状态中，实则是最为迷人的："想到那一桩桩一件件，我惊恐不安地发现正是这只铃铛在我心中叮咚作响，由于我已记不清楚它们是怎么消失的，致使我丝毫改变不了那尖厉的铃声，为了重现这铃声，为了清楚地倾听这铃声，我还得尽量不把我周围面具们的交谈声听进去。为了尽量把这铃声听清楚，我不得不深入反省。真的就是那串叮咚声在那里绵绵不绝，还有在它与现时之间无限展开的全部往昔——我不知道自己驮着这个往昔。当那只铃儿发出叮咚响声的时候，我已经存在……"在这种聚焦之下，人物、读者和作者行文的气息集中到一个点上，普鲁斯特的笔调足够轻盈，以至于那乐句之间半拍的休止符如同丝绸一般填满叙事间的裂缝，让人难以察觉；而格林则用浓稠的胶水粘上——没有什么比这更直接触及你的脊髓。普鲁斯特让他的人物躺在床上，叙述却如失恋的情人一样奔跑，奋力而不停歇地向前。格林的叙述同样流动，但却是多方向的：他可以让人物在两页前表白"我坠入情网了"，又可以在两页后恶毒地猜忌"她对如何处理这样的关系是多么在行啊！"作为描写个人情绪的高手，他在一部以心理描写为主题的小说里时不时地切割旋律，让作为内部的心灵斗争和作为外部的社会影响相互交融。同时，在小说中，主人公的情绪自由地运动着，似乎无论哪一种情感都可以作为一个引子开启一段新乐章，但又可以立刻奢侈地弃之不理。这种多变的情绪被坦率地记录了下来，或许不如普鲁斯特般旋律丰富，却多了几分挣扎的力度。如果说，普鲁斯特向我们展示了在长篇小说中叙述的结构不应是泾渭分明、清晰可见的，格林则向我们证明了结构的清晰与叙述的多元并不矛盾。

小说每一部分的连接都具有两重性：一种是叙事气息和感情基调上的相连，洋葱的气味贯穿前后，映射出一个自卑情人漫长的嫉妒；另一种是叙事的逻辑关系，戏谑的侦探故事调节着前半本书的气氛。而这种侦探游戏本质上也是复调的：主旋律是莫里斯对自己内心的探索，如蒙田所言般"探测内心深处，检查是哪些弹簧引起的反弹"；伴奏是帕基斯不乏喜剧色彩的追踪。格林让叙述在时空交错间相互和声，让女佣巷口笨拙的接吻与帕基斯的调查报告如同插座与插头般接合，接通了监测莫里斯心脏的心电仪。

而当莫里斯将报告交给亨利时，小说到了第一个气息的停顿，格林用他颇恶毒的语言塑造了一个三人冲突现场：莫里斯、亨利以及不在场的萨拉。紧接着是如同戏剧换幕一般过渡帧，顺带钉上了可怜的亨利的棺材板。这几节写的尤为出色，堆积的浓稠情感微妙地紧紧扼住读者的咽喉和好奇心，使他们没有多余的精力东张西望。与其他大师相比，格林的叙述有些啰唆。余华曾经拿司汤达和福克纳举过例子，在他看来，表现人物心理活动的最佳手法是动作描写。有的作者仅用寥寥几个动作就能让内心的情绪停留在高音区；但格林则比起让人物们做，更喜欢让他们说。如果说司汤达的心理描写像是未开盒的黑箱子的话，格林的心理叙述则是波澜起伏而又结束得黏稠，也正因如此，他写作的延音效果才能覆盖住上下挣扎的旋律，将虚弱的内心投射到冬天暗淡的天幕下和想象的百叶窗中，让小说的氛围笼罩在人物的复杂情感当中，用着最传统却也最感人的技艺之一：让环境随着心灵的运动而运动。

读者跟着莫里斯长吐一口气，伴随一种从头到脚的解脱感，并开始正视自己，正视"恋情的终结"。与时空交错相对应的是情感的剧烈咏叹，叙述的气息被拖得很长很长，而在两个"情敌"见面的这一场合以一种亦庄亦谐的喜剧效果把叙事再一次拉伸开来，最终在强烈的对比中结尾："你知道自己身上没有任何除了父母或者天主以外的人会爱的东西，然而此时你却发现并且相信有人爱自己，这真是件奇怪的事情。"你还能找到比这更光彩夺目、真实感人的半场总结吗?

如同歌剧表演的上下场一般，中场休息过后，抒情的小调汇入了纷杂的交响乐，拉开了下半场的序幕。叙述从另一个起点出发，声音多了起来：萨拉的，莫里斯的，天主的，甚至作者本人的。但震耳欲聋的声响还是来自萨拉，这毕竟是她的章节。格林细细描绘出一个女性细腻而挣扎的内心世界，并揭开了"恋情的终结"之谜。萨拉面对着天主，祈求用自己的爱情交换情人的生命。这个如同浮士德与梅菲斯特的契约一般的交换拯救了本德里克斯，却也让萨拉自己走上了信仰之路。之后的故事如同一个解谜的过程，稳步推进的旋律尽在意料之中，远没有前半部分精彩。但在旋律中间我们可以找到一个主题，那就是对上帝存在性的怀疑。

上帝，这个超越性的存在一直萦绕在小说的后半部分，也是作者向我们提出的最大问题：一个全知全能的主是否存在？灵魂和肉体之间是否存在必然的分离？

在人间的爱欲和神圣的信仰之间，萨拉痛苦地挣扎着，最终成了那个自愿的祭品。在这里，格林以他戏剧性的笔法为我们描述了"圣人"所带来的神迹：帕基斯的儿子梦见她抚摸了自己的肚子之后，胃病立刻痊愈；斯迈思神父脸上丑陋的痕迹在得到萨拉的亲吻之后彻底消失；但圣人的殉道又带来了些什么呢？关系复杂的本德里克斯和已经出局的丈夫亨利变成了好友。格林并未如宗教文学一般描写圣人的"圣迹"，而是采取了一些模棱两可的方法处理：神父的斑痕是荨麻疹所致，会因心情的改变而自然消失；孩子的胃病自然也有现代医学的功劳；至于本德里克斯的复活，他自己也知道，当时只是昏过去而已。但这些让本是坚定的无神论者本德里克斯，不免也生出了几分动摇之心：莫非冥冥之中自有天意，一切都是上帝的安排？

在小说的后半段，情感的发展就像被规定好了一样继续进行，少了前半部分的灵活自如。而贯穿其中引导这后半部分的，则是"爱"。这种爱与前半段那种唯我的、自私的两人之间的个体之爱不同，而是放在更大层面上的对世间万物的爱，是 1793 年喊出的"博爱"的变种。格林尽自己所能，通过不同人物之间的争辩，力图对上帝进行阐释。这个时候，我们才猛然发现，原来这才是故事真正的主体，于是，一切看上去太感性太不可思议的情节，也都在一瞬间合理化了。薄薄的第四部分则是过渡的乐章，"我和雕像她两个都爱，可要是一具偶像和一个人之间发生冲突的话，我知道哪一个会赢的"，本德里克斯带着一种百感交集的信心，最终迎来的却是萨拉的死亡。再往后，故事则通向了单向的出口，但格林依旧在出口线之前打出了一个感叹号：在萨拉的葬礼上，本德里克斯从她母亲那里得知，原来萨拉一出生就接受了天主教洗礼，只是她自己并不知道而已。

　　小说的后半部分有些冗长，但真正打动我的，却是被许多人视为多余的最后二十几页。所谓三流小说取胜于情节，二流小说取胜于人物，一流小说取胜于氛围。格林絮絮唠唠的心理描写，把那种难以描述的心理状态描写得感人深刻。尤其是本德里克斯在萨拉的遗物里寻找她过去生活的影子与痕迹的场景，格林以回忆作为基准点，以类似意识流的手法，将故事推向了一个悠扬的、开放性的结局。"我在一个奇怪的区域里迷失了方向：我没有地图。"萨拉的执着和坚定及本德里克斯的迷失，如同旋律的错位一般，投影出恋爱中男女的差异；而若从更深的意义上解读，则象征着"利己"和"利人"的不同。自卑的本德里克斯一生都没有走出自己的情感地图，而"把爱献给他人"的萨拉则也在不被理解中孤单死去。作为一个天主教徒，格林似乎对"上

帝 "这一存在饱含着深情和向往，因此在小人物面对平凡生活的曲曲折折的抗争中，总是饱含着无穷的信仰的力量。这种力量让他们在惊醒中奋起，也让他们极端的痛苦不安，享受着精神和肉体上的折磨。

最后，让我们回到标题"恋情的终结"。恋情终于终结了，但这究竟终结于什么时候呢？是终结于开始，终结于分手，还是终结于死亡，又或是一直处于"终结"的状态？人之间的认识差距和"心之壁"是否永远无法破解？这也正是格林所追逐的答案。但比起确定的答案，我更享受寻找的过程，这也正是文学作品和文学家的魅力所在吧。

伤逝：中古中国门阀大族的消亡

——《中古中国门阀大族的消亡》读书报告

作为一名对中古史颇有兴趣的业余读者，"甲骨文"丛书新出版的《中古中国门阀大族的消亡》甫一出版就吸引了我的注意力。谭凯（Nicolas Tackett）作为北美中古史领域的学者，其著作此前尚未被引进大陆，而其编纂的石刻资料目录——《唐末至宋初墓志目录》则得到了荣新江的赞扬："虽然有为个人研究的目的，但其所著录的北京大学图书馆藏唐代墓志，就有其他图录、录文集所不经见者，值得表彰。"[1] 这也让我在阅读此书时抱有较高的期待。

本书包括绪论、正文五章、结语，附录 A，B，C，参考文献、人名索引、综合索引以及大量的图表目录，可谓体例完整。对于业余读者而言，除了学术性论述以外，本书还提供了大量整理完善的资料。

在绪论中，作者回顾了围绕内藤湖南"唐宋变革论"出发的一系列有关中古中国社会政治精英性质、构成和转型的学术研究。这类研究从时间段上主要分为两类：姜士彬、孙国栋、毛汉光等人描述了以婚宦关系和血缘关系定义其地位的中古士族；郝若贝、韩明士、包弼德等人则描述了在宋初登上历史舞台，以才智和教育为基础奠定自身对社会和政治主导地位的新一类精英家族。显然，这两类社会精英存在着显著区别早已成为学术界共识，但对于这一转型发生的时间段仍是众说纷纭。

唐长孺等魏晋史学者认为中古士族从隋代建立起就渐渐消亡，中央政府将控制力延伸至地方社会；陈寅恪则认为转型在武则天时期，他赋予了武则天"阶级领袖"的身份色彩，并将唐代中后期的党争和战乱视作世家大族和进士阶层之间的对抗，甚至将其源头上溯至汉末的"清流"和"阉宦"之间的斗争；而孙国栋、毛汉光、姜士彬、杜希德等人则将这一转变推迟到唐代后期——其中，杜希德、砺波护认为科举制度和安史之乱后的藩镇秩序刺激了新精英的产生，而姜士彬则认为唐末的农民起义才是摧毁旧贵族的主因。作为姜士彬的学生，谭凯继承了老师的这一观点，同时提出了不同的意见："士族"在9世纪时不仅是一种理念，而且是一种具体的社会政治地位。

在第一章，作者利用出土墓志，运用数理统计和地理分析的方法，对9世纪门阀大族的定义、家族人口数量、地理分布做了描述，并提出了一些引人思考的观点。例如，在士族身份认同这一关键问题上，作者通过人口统计原理——"若一千个家族子孙以每一代存活三

子的速度繁衍，那么从理论上讲，三百年后将膨胀为
两千万人"[2]，以及墓志常提到的"家牒"和"史载"，
来说明墓主人的身份并无造假。而在士族地理分布上，
作者认为唐代缺少成熟的货币交易体系，因而大族难以
掌控远距离财产，并通过对墓葬地进行数理统计，展示
了大族的地理分布。这些大族或是定居于两京走廊而日
渐"中央化"，或是定居于南方地区，"从而取代本地精
英，并将他们排挤到边缘地区。"[2]。在以上讨论的基础
上，作者认为，在唐代"家世依然是社会声望最重要的
决定性因素"，这也是全书的论证的基础。

　　在第二章，作者就地理对政治权力结构的影响进行
了详尽的分析。延续第一章中的讨论，作者分析了柏文
莉"中国精英主要的地理归属地，大体不会远离其家族
墓地。"[2]这一假设，并在此基础上分析数据，对京城
精英、地方精英的区分和内涵展开了讨论。他观察到，
任职于朝廷重要机构且家族具有仕宦传统的"国家精
英"的墓志大多出土于"两京走廊"。这说明，移居京
城的士族有效地转变了建立在地方的权力结构，融入一
个以京城为主，影响中央政权的社会网络。由于首都地
区的经济压力和安史之乱的影响，部分士族南迁到了长
江中下游地区以扬州为代表的几个"落脚点"，日渐"地
方化"，渐渐失去与中央的联系。"徙居地方，是社会向
下流动的表现"，[2] 在笔者看来，有限的社会资源使两

京地区难以供养这些寄生虫，使他们渐渐转化为地方上的土地所有者，其中有些家族以牺牲声望和政治影响力为代价，换来了更具"持续性"的剥削。京城精英在首都的汇集，地方精英渐渐失去在中央的政治影响力。作者对这一现象的描述，对 20 世纪 80 年代毛汉光提出的"中央化"做了有力的补充。[3]

　　而在三、四章中，作者分别对京城精英的社会网络、婚姻网络以及地方上，特别是藩镇体系下的地方权力结构做了描述。作者运用了"父子链"等数据分析方法，结合士族的地理分布和婚姻关系，为我们勾勒出两个京城精英集群。集群 A：以洛阳为核心，由旧时门阀大族各支系组成；集群 B：地理分布较为多元，集群中的家族成员大多与李唐王室通婚，身份也较为多元化，除了旧时大族还包括在安史之乱中兴起的军事贵族。作者的分析表明，与科举制度相比，与集群 B 中的家族联姻，才是寒门子弟实现阶层跃迁的主要手段。在地方，作者在前人研究成果的基础上，通过兵变频率、朝廷任免藩帅的比例进一步说明了在 820—880 年间，"大量藩帅事实上出自那些数世纪来经常把持高级官职的家族，他们互为婚姻，并在不必外任的时候居住于京城地区。"[2] 在作者看来，唐帝国与中华晚期帝国不同，是一种"殖民地"式的帝国，中央政府通过代理人或族人主导地方社会，因此形成一种两京地区对地方的"殖民统治"。同时，藩镇幕府中的上层文职被世家大族所掌控，中央大族和地方精英之间形成了一个紧密结合的社会网络。这一描绘实际上颠覆了一些学者认为藩镇幕府促进了门阀大族衰弱这一观点。

事实上，对于该书而言，前四章节只是漫长的铺垫，最后一章才是作者论述的重点。其核心论点在于，黄巢起义对中央和地方门阀的打击是毁灭性的。在作者眼中，这一突如其来的毁灭性打击是门阀大族消亡的直接也是唯一原因。安史之乱中，久任边帅熟知政事的安禄山保留了唐朝的行政机构，并依此建立起了较为稳定的统治；而出身下层的黄巢（以及追随他的军阀朱全忠等）则对唐朝统治阶级发起了有组织的杀戮。战乱中，两京被彻底扫荡，随之而来的是对门阀大族大范围的肉体消灭。这使原有的社会网络和权力结构被摧毁，而在唐末大乱中兴起的军阀和地方精英遂取门阀大族的统治而代之。

此书在中国出版后影响颇大，已有八篇书评发表，其中的四篇中文书评让笔者对该书的理解更加深入。[4]对于该书存在的一些具体问题，孙英刚、王晶等早有高论，笔者在此不再浪费笔墨去摘录。但笔者仍不揣浅陋，博大方之家一笑。

在笔者看来，本书是学术史价值胜过学术价值、方法论价值胜过结论价值的体现。本书最大的特点在于计量方法的深入使用。在中古史研究中，毛汉光早开计量研究先河，但由于时代局限性，他的样本总体上仍局限于正史人物，所引墓志数量略少，使人物的总样本不足。韩昇曾对此有过批评："在总体统计上，似乎未加统计。而且，书中对统计的原始数据未加说明，所以，我们对其统计的基础不清楚，也就难于放心利用统计成果。"[5] 而谭凯的书则很好地修正了类似问题，从数据库的完整程度、史料来源和计量方法上都较为严谨，是对毛汉光研究的极大补充。

墓志等出土文献已经渐渐成为中古史研究中不可或缺的史料文献。如果说过去学术界对于墓志的利用还基本停留在个案研究上的话，本书的研究则体现了所谓"大数据"在历史研究中的作用。作为首位使用定量方法研究墓志的学者，谭凯将墓志的使用规模扩大到 3000 余方；但这种方法的缺憾在于，仅将墓志中所载的墓主自称郡望、居住地、所任官职等作为史料信息提取出来，而忽视了其他信息。陆扬曾提出，研究墓志时不应忽视其书写演变以及从中映射出时代文化价值取向的演变。[6] 孙英刚认为墓志作为史料的信息指向性可能提供不了太多关于文化和宗教信仰的信息，本书的写作方向和形式使作者注定无法对墓志的文化价值进行考察，但对墓志文化价值的研究将为重构唐代士人文化提供帮助。

　　本书的一切史料依据来源于墓志，结论也是建立在墓志基础上的。作者通过大数据的推算论证墓主身份的真实性，而这一结论也与仇鹿鸣等人的观点——"目前出土的唐代墓志，90% 以上的人都使用郡望，自称士族，其中大多数世系不可靠"[7] 不同。依笔者愚见，由于这一问题事关材料的真实性和数据的准确性，墓志主人身份的真实性这一问题需要学术界更多的讨论。即使墓志世系大多真实，血缘关系是否足以作为士族的标准也是可疑的。作者在第三章中提到过，士族集群 B 中包含着军事贵族和科举精英，这实际上违背了作者一开始以血缘关系对士族进行身份界定的标准。与此同时，这一标准忽视了文化因素，文化是一个界定士族身份的核心概念。事实上，士族这一概念的产生与魏晋时期所谓"由儒入玄"的潮流不无相关。据说陆扬也曾认为谭凯在士族身份认定的标准上忽略了"清流文化"的影响，过于注重血统身份而忽略文化身份。这在事实上也体现了该书在研究方法上的不足。就方法论而言，该书建立在假设上的定量分析和相对狭小的研究视角，不免让人对其可靠性产生怀疑："谭凯所得出的结论到底是一种实际的存在，还是由于材料分布的特点所造成的一种表象，这是值得慎重思考的。"[8] 但瑕不掩瑜，该书采用的计量研究方法仍然值得参考。尽管中国的史料特点和传统文化不精确的数字观念影响了计量史学在中国古代史研究中的运用，但我们依旧期待在这方面有足够分量的作品问世。

在本书的结论中，作者认为结构性原因无法解释士族的消亡，强调了黄巢起义是摧毁士族主导的政治秩序的唯一原因。由此我们似乎可以推论，"如果没有黄巢的动乱，那么中古贵族势必会继续维持下去，中古贵族的崩溃又似乎只是由于一次偶然的外部因素所导致的意外事件。"[8] 但如果真如本书所言，士族已经适应了政治、经济上所带来的冲击，消亡不过是历史的偶然，那为何经过一次暴力冲击后士族的政治权力就被彻底颠覆？事实上，即使到五代时期，士族之间的婚姻和社会网络仍未被彻底破坏，[9] 但他们已经不再是政治舞台上的主角。作者曾提到，"随着唐朝的灭亡和旧时京城社会网络的解体，整个旧的文化世界也相应崩溃。"[2]。但新的文化体系是如何建立的呢？作者曾提到带有"胡化"色彩的河朔文化对宋初文化和政治的影响，但并未在此书中做出论述。除此以外，笔者认为，被作者忽略的商业繁荣、科举制发展、文化转型等结构性因素，也在慢慢推动着历史发展和士族的消亡。例如，唐代两京的商业繁荣是士族地方化的重要因素，而正如作者自己所言，"随后几个世纪中，当根深蒂固的'地方式'精英无力抵制朝廷势力时，这种从中央向地方转移的选择亦将不复存在。"[2] 士族的中央化也意味着，政治权力而非郡望和血缘关系成为士族身份认同的主要标准，这实际上也是士族身份价值日渐消退的表现之一。总而言之，对现象的理解不同，很可能会影响到最终的结论。

《中古中国门阀大族的消亡》是笔者阅读过的有关唐代士族研究的第一部著作。在阅读学术书籍时进行"从后往前"的追溯式阅读固然会因为知识储备上的匮乏而遇到许多困难，但阅读的广度却也因此而加深。在对该书进行的"发散性"阅读中，笔者增进了见识，阅读了一些有关唐代历史研究的著作，对中晚唐以来的历史有了更深的兴趣和认识。与此同时，该书采用的计量方法给了笔者较大的启发。笔者十分期待谭凯下一部新作的问世。

【注　释】

[1] 荣新江.学术训练与学术规范——中国古代史研究入门 [M].北京：北京大学出版社，2011：34.

[2][美] 谭凯.中古中国门阀大族的消亡 [M].胡耀飞，谢宇荣，译.北京：社会科学文献出版社，2017：58,69,73,110,118,169,241.

[3] 毛汉光.中国中古社会史论 [M].上海：上海书店出版社，2002；毛汉光提出的"中央化"指的是唐代士族为了追求仕途，逐渐将家族迁徙至两京，慢慢与乡村宗族失去联系，与地方脱离关系，最终完全依附中央。

[4] 孙英刚. 书评: Nicolas Tackett, The Destruction of the Medieval Chinese Aristocracy[A].// 荣新江, 主编. 唐研究.（第二十卷）[M]. 北京：北京大学出版社, 2014. 殷守甫. 书评: Nicolas Tackett, The Destruction of the Medieval Chinese Aristocracy 中国中世贵族的解体 [A].// 包伟民, 刘后滨, 主编. 唐宋历史评论（第一辑）[M]. 北京：社会科学文献出版社, 2015. 王晶. 重绘中古士族的衰亡史——以 The Destruction of the Medieval Chinese Aristocracy 为中心 [J]. 中华文史论丛, 2015（2）. 胡耀飞. 王黄之乱的社会史意义——读 Nicolas Tackett 著 The Destruction of the Medieval Chinese Aristocracy[A].// 范兆飞, 主编. 中国中国史集刊（第 4 辑）[M]. 北京：商务印书馆, 2017.

[5] 韩昇. 中古社会史研究的数理统计与士族问题——评毛汉光先生《中国中古社会史论》[J]. 复旦学报（社会科学版）, 2003（05）.

[6] 陆扬. 从墓志的史料分析走向墓志的史学分析——以《新出魏晋南北朝墓志疏证》为中心 [J]. 中华文史论丛, 2006（04）.

[7] 仇鹿鸣. 士族能独立于皇权之外吗 [EB/02].（2014-11-23）[2018-2-13].https://www.thepaper.cn/newsDetail_forward_1279636；仇鹿鸣. "攀附先

世"与"伪冒士籍"——以渤海高氏为中心的研究 [J]. 历史研究，2008（2）.

[8] 王晶：《重绘中古士族的衰亡史——以 The Destruction of the Medieval Chinese Aristocracy 为中心》，第 382 页。

[9] 仇鹿鸣.新见五代崔协夫妇墓志小考 [[A].// 杜文玉，主编.唐史论丛（第十四辑）[M].西安陕西师范大学出版总社，2012.在仇鹿鸣看来，"无论面对科举取士还是晚唐兵乱的冲击，士族的人际网络依然在持续而稳定地发挥着作用"。与此同时，他还从《旧五代史》等史料的历史书写中发现，整个社会对士族的认同和尊敬程度降低。士族的文化价值体系不再成为社会主流，这在侧面论证了谭凯所认为河北三镇的文化深刻影响宋代精英文化的观点。

体制化：超越的过程

——《肖申克的救赎》观后

　　《肖申克的救赎》的结尾，是安迪和瑞德在阳光下重逢的情景。这个阴郁的故事终于有了一个相对光明的结尾。他们最终逃出了肖申克监狱，逃出了规训正常人的体制，重新获得了失去已久的尊严和自由。

　　在电影中，瑞德提到一个词叫"体制化"。何谓"体制化"？在肖申克监狱里，犯人们在他们所面临的黑暗与限制中逐渐失去自我，成为体制的附属品，最终渐渐无法脱离体制直到消失。

　　"体制化"如同阴影一样，萦绕在我们身边。体制化的方式有两种：精神控制和行为控制。在电影《飞越疯人院》中，一群本没有病的病人在医院的诱导下，逐渐相信自己是病人，最终自愿地待在精神病院度过余生。这甚至有一点斯德哥尔摩综合症的倾向。在精神控制和行为控制下，人逐渐被体制同化，直到成为体制的一部分。

　　那么，如何应对"体制化"呢？《飞越疯人院》里，迈克用人性化的方法改造疯人院，要疯人院里的人有意识地去争取自己的权利，和正常人一样看球赛，钓到像院长一样大的鱼。而在《肖申克的救赎》里，安迪则是让大家能够喝着葡萄酒在阳光下谈笑风生，让莫扎特的音乐能够进入每一个囚徒耳中。显然，安迪的想法更具有诗意的美感，这与电影的主题有关。如果说《肖申克的救赎》是自由信念与希望的赞歌，那么《飞越疯人院》就是一首无情的政治讽喻诗。迈克步了改革家们的后尘，用鲜血唤醒了印第安人，却无法彻底击败整个体制。而安迪却从又黑又臭的下水道里爬了出来，当他脱光上衣拥抱月光时，他逃离了体制，他是这场个人与体制斗争的胜利者。这也就是《肖申克的救赎》积极与阳光的一面，它告诉我们，只要保持个人内心的坚定和目标的明确，总能越过体制的坚冰。电影里安迪的越狱，不仅是对外部体制的越狱，也是对内心的越狱。他坚定着信念奋斗了二十二载，这成了他越过体制化的工具。

事实上，精神控制远比行为控制来得可怕。在如今的信息社会里，人类获取信息的方式空前快捷和方便，这种的信息爆炸带来一个可怕的后果：我们渐渐失去了思考的能力。人类的精神世界正在慢慢体制化，如同被格式化的硬盘一般。

如何摆脱这种控制呢？2002 年 TV 动画《攻壳机动队》对此有一段浪漫而深刻的对话。立志改造社会，

　　主持社会正义的黑客笑脸男站在图书馆的书堆旁，问素子：“在这个信息爆炸的社会里，人类如何如何保持独立思考能力，以追查隐藏在黑暗下的真相呢？”素子拿起装载着智能 AI 的芯片笑道：“好奇心改变一切。”在那个科幻的架空背景下，素子通过 AI 对自身的思考找到了人类精神独立的信心，而在现实生活中的我们又该如何呢？我们应该坚定自己的内心，这是越过体制化而立世的第一步，也是最关键的一步，同时是走上人生道路的第一课。“我想做一个瞎子、一个聋子，做一个麦田里的守望者。”这种对待世俗的态度固然高洁，却有些逃避的味道。但在更进一步的现代社会，保存一份个人独立已经弥足珍贵。我想“独立”是人生中最重要的三个词之一。至于剩下的两个词呢？肖申克监狱教科书的男主角已经告诉我们了：

　　“人的一生都包含在这两个词里——等待与希望！”